転生薬師は異世界を巡る 1

A L P H A L I G H T

山川イブキ

Ibuki Yamakawa

アラルコン

帝国が誇る猛将。
帝国五指に入る強さの
元冒険者。

アルミシア

アトワルド王国の第一王女。
どこかの女神に匹敵する
天然娘。

エリス

危ういところをシンが助けた、
レンジャーの女性。
強引にシンと
行動をともにする。

ティア

女神様。
エルダーの娘で、
性格は天然。

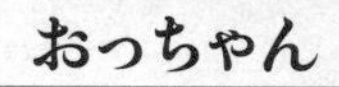

おっちゃん

シンが馴染みにしている
屋台の店主。
頭は剃っているらしい。

シン

前世は日本のサラリーマン。
異世界に転生後は、
放浪の旅をしながら薬師として
生計を立てている。

エルダー

非常にノリが軽い
創造神。

目次

プロローグ

「毎度ありがとうございます！」

　ある日の朝、壮年の男性の低く静かな、それでいて喜びを多分に含んだ声が、開店直後の客のいない店内に響く。

「いえいえ、それはこちらの台詞です。いつも助かってますよ」

と、返事をする――こちらは若く穏やかな声の――男性も、世辞抜きに謝意を示す。

　前者が、おそらく金銭が入っているであろう布袋をカウンターの上に置くと、後者もそれにあわせて赤と紫、それぞれの液体が入った容器を二〇本ずつカウンターに並べる。

　もう何度も同じやり取りをする間柄なのか、お互い中身も確認せずに差し出されたものを受け取り、再度同じ台詞をくり返して、笑い合う。

「それにしても、シンさんの回復薬は大人気ですよ。今日買い取ったものも二日と持たないでしょうねえ」

　そう言って壮年の男性――ここの店主は、買い取ったばかりの薬品を、店の一番目立つところに並べはじめる。彼の言葉は偽りではなく、本当に人気商品のようだ。

――ここは、日用雑貨から薬品の類まで扱ういわゆるよろず屋。シンという若い男は、店に回復薬と呼ばれた二種類の薬品を卸しに来たのだった。

「ところでシンさん……やはり錬金術ギルドには加入しないんですか？　未加入では色々と不便でしょうに。材料調達にしろ、公開されていない秘薬のレシピにしろ」

錬金術――卑金属を貴金属に換えることから始まり、最終的に世界の真理を詳らかにしようとする学問――シンにとって〝かつての世界〟で神秘化学に属していたそれだが、〝この世界〟では少し違う。一般的な薬学・化学と魔法を組み合わせて様々な薬品を作り出したり、武器や道具に魔法的効果を付与したりといった、社会に身近な存在となっている。

そして錬金術ギルドとは、そういった錬金術師たちを保護し、さらなる技術向上と新しい秘薬、魔法効果の開発を行う集団である。

シンは店内を歩きながら、店主に渡した薬瓶と同じサイズの空き瓶を手に取ると、それを店のカウンターに置いていく。他にも保存食や日用品、何に使うか一見するだけではわからないようなものまで一緒くたに。

続けて、受け取った布袋の中から商品の代金を取り出し、先ほどの店主の問いかけに答える。

「ああ、それはいいんですよ。材料は自前で調達できますし、レシピも独学でなんとかやってますしね、コイツみたいに」

そう言って、商品として店に並べられた自分の薬品を指差した。

「それに、ギルドに加入でもしたら、その日のうちに薬のレシピを公開しろ！　って圧力がかかるのは目に見えてますしね。あいにく俺のメシの種なんですよ、コレ」

レシピを取り上げられては堪らない、と肩をすくめるシンを見て苦笑いする店主だったが、同時に残念な表情を浮かべる。

「シンさんの薬は効き目が違いますからね。傷の治りは同じでも速度は違うし、なにより回復後の疲労感がない！　これは冒険者にとって、とても大事なことなんですよ」

錬金術ギルドが公開しているレシピで作った回復薬には、軽めとはいえ副作用がある。

傷を癒す体力回復薬であれば疲労感が、魔法を行使するために必要な魔力を補充する魔力回復薬であれば酩酊感にも似た思考の混濁が、いずれも若干ではあるが発生する。

戦いにおいては、一瞬の判断が生死を分かつ。だとすると、誰もが余計なリスクを負いたくないと思うのは当然だろう。

ちなみに、副作用が現れるのは下級に分類される回復薬に限ったことであり、中級・上級のものにはそういったことがない。ただ、それらは得られる効果も下級のものとは文字通り桁が違うため、当然値段も跳ね上がる。しかも、冒険者の中でも新人から中堅に差しかかるまでの者ならば、よほどの危険を冒さない限りは下級回復薬で十分だった。

シンの作る薬は、副作用がないにもかかわらず中級や上級ほど高くない。この店でも下級の二割増しで売る程度だ。だから、飛ぶように売れる。

この街で活動する中堅以下の冒険者は、戦闘中に深手を負ったときはシンの回復薬を、戦闘が終わって安全が確保されてからは一般の回復薬を使うのが、最近の傾向らしい。

「いざというときの保険としてみんな買っていくんですよ。本当はもっと高く買い取りたいんですが、ギルドメンバーではないシンさんからの買い取りは安くしないといけないので、心苦しい限りです」

熱く語っていたはずなのに、最後には沈んだ顔と声音でボソボソと呟く店主に、シンも苦笑で返す。

「まあ、そこは仕方ありませんよ。覚悟の上での未加入ですからね」

この店に限ったことではなく、武具や道具類を扱うありとあらゆる店は、それぞれのギルドと取り決めが交わされている。

例えば――ギルドメンバー以外からの持ち込みについては〝配慮〟すること、でなければこちらからの仕入れにも配慮がされるものと考えよ。

外からふらっとやってきたよそ者に市場を荒らされてはたまらない、というわけだ。もちろんここだけが特別なのではない、どこの街や都市でも同じことをしている。

シンはそれを理解も納得もした上で未加入を貫いているのだが、両者の板ばさみになった人の良さそうな店主は、気の毒と言う他はなかった。

「流れの薬師としては、店に卸す量も今までどおり抑えた数を堅持しますし、買取値もそのままで結構、あまり気になさらずに。それではまた」

まとめ買いした諸々を袋に詰め、揚々と店を後にするシンに向かって、店主が言う。

「ええ、次のご来店をお待ちしていますよ」

街のよろず屋で最近繰り返される、開店前の出来事だった——

「——こういった『得意先回り』はこっちでも変わらない、か……」

歩きながら空を見上げるシンは、青空のさらにその向こう側を見通すように目を細める。

「もう十六年になるのか……」

シンの独り言は、朝の静寂に吸い込まれて消える——

■

——藤堂勇樹という男の評判を聞けば、ほとんどの人間は『いい男』と答える。

子供の頃から大抵のことはそつなくこなし、また明るく穏やかな性格なため、友人も多く、絵に描いたような優等生街道を順調に歩んでいた。

大学生のときに飛行機事故で両親を亡くすと、後を追うのではと周囲が不安になるほどの落ち込みを見せる。しかし、そこから立ち直った彼はその後、誰もが知っている有名企業に就職をした。

社内での勇樹の評価は優秀——人柄は良く、困ったときは力を貸してくれる、実に頼りになる存在だという。

そんな勇樹も、こと恋愛に関してはひどく臆病な人間だった。

両親を唐突に亡くしたため、目の前の幸せをある日突然失う恐怖には耐えられないと、特定の誰かを特別な存在にすることはなかった。

決して深く関わらない——そういった心理が影響したのか、スポーツ、料理、アニメ、ゲーム、さまざまなジャンルに興味を示しながらも、何か一つに深くのめりこむことはなかった。

広く浅く、しかし上辺だけではない程度には精通する。

見る人が見れば、ふわふわと地に足のついていない、危なっかしい人間に映ったことだろうが、なまじ優秀なせいで、そのことに気付く者はいなかった。

もう一度言おう。

藤堂勇樹は、実にスマートに仕事をこなし、困ったときには助けてくれる、みんなにとって都合のいい男であった――

――よせよ、自分で言ってて悲しくなったじゃないか……

改めて自分のことを振り返ってみたけど、微妙な人生歩んでるなと思う。

人生色々、日本の人口一億人もいれば、こんな人間がいても不思議でもなんでもない。

なにより本人がこの人生を辛いと思っていないからな！

ただ、一般的に不幸だと思われそうな人生を不幸と感じられないのは、果たして不幸なことなのか、それとも幸せなことなのか……

ああイカン！　このままだと思考の迷路にはまってしまう、気持ちを切り替えないと。

パンパン――‼

……ほっぺがヒリヒリする……はい、仕切りなおし！

――というわけで。

「オーケイブラザー、話をしようか？」

俺は今、なぜか暗闇の中にいる。なのに、目の前にいる絶世の美女だけは、はっきり見えていた。

「何が『オーケイ』なんですか！　それに私は女神だから、ブラザーじゃありません‼」

自分のことを女神とか言ったよ、このひと。

　そして突っ込むところはそこですか、そうですか……

「いえいえ、とりあえずそちら様の話を聞けるほどには落ち着きを取り戻したから、できれば話をしていただけるとありがたいんだけど」

「落ち着きって、さっきから全然慌ててないですよね⁉　唐突に自己紹介的なモノローグ流してましたよね？」

　ああ、やっぱりそうなんだ。

「こっちの考えてること全部わかるんだ。女神様の本領発揮ってところですか？」

「仮にも女神ですからね、エッヘン！」

　――イヤイヤイヤ、口に出してエッヘンとかやめてください。誰かに可愛いとか言われたのかもしれませんが、普通にイタイです。

「むーっ！　あなた、ヒドイ人ですね。いい人っていう周りの評価が信じられません！」

　ほらまた、むーっとか。そうですか、あなた天然の方でしたか……

「別に信じられないことでもないでしょう。人間、全てをありのままにさらけ出して生きてるわけでもありませんし、本音と建前くらい使い分けますよ。それとも女神様の周り……に誰かいるとして、その人たちは思考がダダ漏れになってしまうから、建前なんて持たないっていうんですか？」

「人ではなく、他の神々や従者なのですが……確かに普段は聞こえたりはしませんよ。力を使えば聞こえますが」

——ほーん、じゃあ俺の考えてることが現在ダダ漏れなのは、女神様が力を使っていると？

「そういうことになりますね。どうですか、スゴイでしょう、参りましたか⁉」

なぜかドヤ顔で胸を張る女神様。あんまりやると見えるんだが……

「——え、え？」

——いやまあ、女神様がなぜ古代ギリシャ風の衣装なのかは知りませんが、薄絹のごとき中身が透けて見えそうな生地で胸を張られると、さすがに中身が……ああ、隠したいと思うのは理解できますが、なにゆえ胸の前で腕をクロスではなく、組んだ腕で下から持ち上げるグラビアポーズに……おかしいでしょ？　おかげで布地が絞られてウエストの細さまで強調されて……最終的に後ろを向くのは仕方ありませんが、その場でしゃがみこんだおかげで、今度はお尻のラインがくっきり見えて……ノーパンじゃねえか！　てか、わざとだろ！　全部わかっててやってんだろ、コラ‼

「やー‼　やー‼　やー‼」

——あんた、なんなんだ！　言っとくが、こちとら一人身だからって枯れてるわけじゃねえんだぞ。むしろ飢えた狼の方だ！　堪えるにも限度があるぞ⁉

「やだー‼　この人エッチー‼」

――こんの……

「まああ、その辺で許してやってくれないか。ウチの娘もわざとじゃないんだ」

目の前で繰り広げられる扇情的な光景の連発に少しばかり我を忘れそうになったとき、女神様とは別の声が聞こえてきた。

声のする方に顔を向けると、そこには一〇歳くらいだろうか、利発そうな少年が笑いを堪えながらこちらに近付いてくる。

なんだろう、この少年を見ていると、親におんぶされる子供のように絶対的な安心感を覚える。

……それなのに、ふとした拍子に心臓がキュッと締まるような圧迫感と恐怖を覚える。

おそらく人として平穏に生きてきた中で失われた本能の一番根っこの部分が、少年――いや、少年の姿をしたナニカとの遭遇に際して、警鐘を鳴らしている。絶対に逆らってはいけない相手、ほんの気まぐれで己の命を奪ってしまうような危険な存在。

――蛇に睨まれた蛙とはこういった気分なのだろう。

進むか退くか、人はこんなときどうするべきなのか……？

一瞬の逡巡の後、俺は恐怖よりも好奇心を選んだ――現代社会というぬるま湯の中を生きる人間にとって、好奇心とは恐怖を凌駕する甘く危険な毒なのかもしれない。

とはいえ、今の状況で自分に何ができるわけでなし……よし。

——娘と言うからには、あなたはこの女神様（笑）のお父様で？　で、やっぱり神様なわけで？

「そういうことになるね。改めて初めまして、藤堂勇樹君。それにしてもキミは、先ほどから落ち着いているね。今どういう状況か理解してる？」

——まあ、夢と言うにはあまりに歪なんで……。明晰夢と言っていいほど意識がハッキリしているのに周りは真っ暗？　なのに目の前に立つ、自分は女神だと言ってのける絶世の美女と、さらにその父だという少年の姿はよく見える。

「……俺、もしかしなくても死にましたかね？」

「ハハハ、娘を褒めてくれてありがとう。あの子も静かに座っていれば、君たち風に言えばヴィーナスのごとき美しさの持ち主なんだけど、いささかそそっかしいきらいがあってねえ……もう一度言うけど、わざとじゃないんだよ？」

——心中お察しします……。ちなみに、話題の子は少し離れたところで『私は石』とばかりにしゃがみこんでいる。残念やら可愛らしいやら——あ、ビクって反応した。

「娘が復活するまでボクからいくつか話をしておこうか。あ、ちなみにキミはまだ死んでないよ。自宅で睡眠中さ」

——まだということは、これから死ぬ選択肢が用意されてるわけで？

「そうなるのかな？　ところで藤堂勇樹君、キミ、異世界に転生してみない？」

唐突過ぎるな……

——はあ、いいですよ。

「⁉　即答かい？　やっぱりキミ変わってるねえ。ハハハハ……うん、キライじゃないよ」

——まあ実際、それどこのラノベ？　な展開に内心ドギマギしてるわけですけど、個人的には断る理由も特に思いつきませんし。

「そう、それ！　そのラノベってヤツ！　いやあ、キミんとこの人間って面白いこと考えるよねえ。剣と魔法のファンタジー、異世界、自分たちの住む世界とは全く違う世界を、よくもまあ、あれだけ考えつくものだよ、実に斬新だ！」

——はあ……

「だから、そんなファンタジーな世界を創ってみたんだよ、僕は‼」

——はあ…………「はぁっ⁉」

「あ、驚いてくれた？　よかった～頑張って創った甲斐があったというものだよ」

——創ったってアンタ、そんな神様みたいな……ああ、神様でしたっけね。

なんだかやけにテンションの上がった神様は、さっきまでの落ち着き払った態度を放り出して実に活き活きと語りはじめた。

「そもそも、僕がかつて創って管理していた世界が終焉を迎えてね、新しい世界を創造しようと考えていたんだよ」

何気(なにげ)にすごいことをサラッと言った神様だったが、その右手をサッと振ると、周囲が一瞬で宇宙空間のような風景に変化する。

「おぅお⁉」

宇宙空間に放り出されたと錯覚(さっかく)した脳が平衡(へいこう)感覚を狂わせ、俺は倒れそうになった。

「ハハハ、ビックリしたかい？　これはただの映像、というか、今のキミは肉体から抜け出た思念のようなものだから、怪我(けが)とかしないから安心していいよ」

――思念？　その割にはえらくはっきりと肉体を感じられるんですけど？

「それは、キミが無意識にそうあろうとしているからだよ。精神がよほど強靭(きょうじん)なのか、はたまた頑固(がんこ)なのか。普通は、よく言うところの人魂(ひとだま)みたいな形になるもんだけどね」

――強靭(きょうじん)な方でどうか一つお願いします。

「ははは、意外に図太(ずぶと)い神経なのは理解したよ。話を続けようか、アレを見てごらん？」

神様が指差した方向に目を向けると、なにやら丸いものが見える。

星――惑星？　イヤ、しかしアレは……

「そう、あの一つ一つがそれぞれ独立した世界、人の生存領域さ」

カプセルトイに似た透明(とうめい)な球体。その中心に平面な大地が存在している。

世界が……平面？

「え？　あ……え⁉」

「……驚いたときだけじゃなくて、普通に声を出して会話しようよ。いくら思考を読み取れるとはいえ、一方的に話しかけるだけなのは寂しいじゃないか」

神様が少年の姿に似つかわしい、拗ねた表情と声色で俺を責める。

──あー……とは言いましても、どうせ思考は読まれてるし、つい取り繕ったりして、話す言葉と頭の中身にズレがあると、神様も気分が良くないでしょう？

「ダメだよ、会話はやっぱりお互い声を出しあわないと楽しくないよ！　これからキミの思考を読むのはやめるから、ちゃんと声に出して話すこと！」

「はあ、まあ、そこまで神様が仰るのでしたら……」

「あとその慇懃な態度もなし！　せっかくこっちは見た目が少年なんだから、もっとフランクに話してよ。ああ、ボクのことはエルダーとでも呼んでね♪」

イヤ、そっちが少年の姿をしてもこっちは三〇過ぎのオッサン街道まっしぐらなんですが……わかったよ、神様がそんな捨てられた子犬みたいな顔するなよ……

「……で、エルダーだっけ？　あの見るからに面白世界はなんなの？」

「どうせ新しく世界を創るならってことで、こんな風に創ってみました！　いいでしょ、一気にファンタジー世界って感じで」

「……そうだな、思いつきでこんなことする神様が頂点に位置する世界って時点で、戦慄を覚えるわ。異世界マジやべえ」

「それほどでも……テヘッ♪」

「褒めてないよな？　俺今、褒めてないよな⁉」

「褒められたと思っておこう」

ダメだこの神様……悪気なき善意の持ち主、もしくは確信犯だ！

「……まあ、普通に人は暮らせるんだろ？　ならいいよ、何がどうなってあんな世界が成り立っているのかは理解できないけど、そういう世界だと納得しておくさ」

「そうそう、人間は環境に適応する動物なんだから、すぐに慣れるさ」

エルダーのニコニコが止まらない。人間相手にこんなことを話す機会なんてないから、見せびらかして自慢したいんだろうな……

「で、俺をあそこに転生させようと？」

「いいや勇樹、キミに転生して欲しいのはあっちだよ」

そう言ってエルダーが指差した方向にある世界だが……ひょうたん？

「……なあエルダー、俺の見間違いでなければ、あそこにあるのはひょうたんというか、なんだか二つの世界がくっついてるように見えるんだが……？」

「おお、いい勘してるねえ。その通り。ちょっとばかし二つの世界がぶつかっちゃってさ！」

なぜかサムズアップしながら俺を見上げるエルダー。グッドな要因が今の会話のどこに？

「……それは果たして大丈夫なのか？」

「生物が生存できる環境かと問われれば是、平穏な生活が待っているかと問われれば否、と答えるかな？」

「……オーケイブラザー、続きを聞こうじゃないか」

聞きたくないけど聞かねばならない。なにせ、既に転生するって承諾してしまっているからな。今さらイヤだとも言えない。

「普通はそんなこと起きるはずがないんだけど、なぜか二つの世界が急接近しちゃってさ。ボクも日本のアニメを見るのに夢中で、衝突するまで気付かなかったよ。いやあビックリ♪」

前言撤回！　今すぐ、さっきのはなし、ノーカンと叫びたい!!

「神なるこの身でも防ぐことはできなかった。一体、何を恨み、何を憎めばいいと言うのか……」

「アニメに夢中になった自分を恨めよ!!　注意を怠った自分の愚かさを憎めよ!!」

「いかな神とて、時間を巻き戻すことは許されない禁忌……ならば！　起きたことを悔やむより、明日に向かって――」

「聞けよ！　会話は大事なんだろ⁉　言葉のキャッチボールをしてくれよ‼」

「そう！　大事なのはここからだ！　よく聞いてくれたまえ」

俺の慟哭をガン無視したエルダーは、そのまま話を続ける。もうやだコイツ……

「かつて二つだった世界、大きい方には人間を中心とした種族が、小さい方には魔人を中心とした種族が住んでいたんだ」

冒頭から危険なワードが飛び込んできやがったよ……

「最初は平和的に始まった交流なんだけど、ひょんなことから争うことになってね」

「あー、やっぱりそうなったんだ……」

もうなんというか、お約束な展開だな。

「人間側は、まあ大体キミがゲームやアニメから連想するような感じでいいと思う。魔人は、簡単に言えば肉体的には人間より貧弱だけど、全員魔法が使えて魔力は人間の平均二倍、しかも肉体的なハンデもその魔力によって補強できるってとこかな？」

「……それって、人間側に勝てる要素がないって言わないか？」

俺の質問に、エルダーは立てた人差し指を左右に振りながら――

「――チッチッチ、そんなことはないよ。人間はとにかく数が多い。人口比にして三〇対一ってとこかな。ここまで開くと、能力的優位はさほど意味を成さないね」

「……できれば知恵と勇気で対抗して欲しかったと思うのは、俺のワガママか？」

「やだなあ勇樹、マンガやアニメの見過ぎじゃない？　もっと現実を直視しなよ」

「アニメのせいでこんな事態を引き起こした張本人が言えた義理か、この……」

「ほは、やへなひゃい‼　ひひゃいひひゃい……ひどいなあ、一応神様だよ、ボク？」

エルダーが、引っ張られた頬を擦りながら涙目で俺を見上げてくるが、知ったことか。

「で、その一応神様は、俺をあの世界に転生させて、事態の収拾を図ろうとか考えてるのか？」

なに、俺、異世界転生勇者とかにされるパターンか、これ？

「いや、事態は一旦落ち着いたよ、勇樹のいた世界から召喚した勇者によって――ざっと一〇〇〇年前」

……………………ハイ？

「………………………」

「――あ、もしかして、異世界で勇者になっちゃうパターンとか想像してた？　ねえ、してたの？」

「……し、してない……」

「そっかあ〜、だったらいいんだよ。もしも転生して勇者になる展開を想像してたら『ねえねえ今どんな気持ち？』しなきゃいけなかったからなあ〜」

……く……この……

「ぬふふ〜、ん〜、そうかあ、ほほーん♪」

「読んだろ、エルダー、テメエ、思考読んだろ⁉　ああそうだよ、考えてましたよ！　あ、これそのパターンのヤツだって思っちゃいましたよ！　悪うございましたね‼　どうだ、これでいいかよ‼」

俺に襟首をつかまれ、ブンブンと揺すられながらも、ニヤニヤとイヤらしい笑みを貼りつけるエルダー。その顔を睨みつつも俺は泣きそうだった、イヤ、泣いた。

──助けてくださいと、世界の中心で叫びたかった。

「くそぉ、今日イチの笑顔でこっち見るんじゃねえよ！」

「イヤイヤイヤ、世界の監視と管理ばかりのつまらないボクの生活に、少しばかり潤いを与えてくれてもいいじゃない」

「親子そろって人をからかいやがってーっ‼」

「イヤ、何度も言うようだけど、娘には悪気はないんだよ、ホントに？」

……お前にはあるって暗に言ってるじゃねえか。

「まあ、おふざけはこのくらいにして……ティア！　いい加減こっちに来たまえ。勇樹に詳しい説明をするのはお前のお役目だろう？」

「ふぇえ、お父様……」

エルダーに呼ばれた女神様──ティアって名前なのか──は、トテトテと擬音が聞こえてきそうな可愛らしい足取りで俺たちのほうに近付いてくる。

……もうツッコむ気にもならんが、コレで素だとか、信者がいたとしたら到底見せられない姿だな。

そして、さっきの俺の興奮した思考内容に警戒しているのか、エルダーの後ろに隠れるように身を縮こまらせている。

「……いや、隠しきれてないから」

「でもぉ……」

「見ないから！　性的な目で見ないから！　頼むから神様らしくちゃんとしてくださいお願いします！」

もう、ジャンピング土下座からの五体投地で、なんとか女神様にご登場いただく。

「約束ですよぉ……」

「ホント頼むから！」

女神様の申し出を土下座と訴えでごまかす、決して約束はしない。

……申し訳ない。上の脳みそは制御できても、男の下の脳みそは完全自立型なんだ。

幸い、この思考は読まれなかったようだ。

「コホン、では改めて説明させてもらいますね――」

「――で、結局一〇〇〇年前の騒動ってのは、不利を悟った魔王が張った障壁によって、二つの世界が行き来できない状態になり終結した、と？」

「ええ、召喚勇者の存在がよほど恐怖だったようです」

魔王を震え上がらせるとか、勇者はどんなバケモンだったんだよ？

「口癖は『チート最高！』でしたね」

……ヲイ神様、一体何をした？

「あと『むほーっろりまおうとかのじゃがくちぐせとかこのぎょうかいではごほうびです』なる呪文をよく魔王に向かって唱えてましたね。その詠唱を聞く度に、魔王は逃げてました」

そして勇者……。

意味がわからず真面目に語るティアの後ろで、腹を抱えて笑い転げるエルダーの姿が印象的でした、まる。

「戦争終結の原因が魔王の貞操の危機とか、なんの冗談だか……」

「……？　そしてその障壁がそろそろ消失する時期なんです。具体的には三〇年後ですね」

俺の呟きの意味が理解できなかったのか、それとも聞き取れなかったか、可愛らしく小首を傾げながら女神様は言葉を締めくくる。……天然って本当に怖いな。

「状況は理解できたよ、多分。でも、それだと俺に何をさせたいんだ？」

さっきのエルダーの口ぶりからして、俺に二代目召喚勇者――今回は転生か？　をやらせるつもりはないらしい。じゃあ何を？

「勇樹さん、あなたにしてもらいたいのは『お試し転生』です」

「…………………ハイ？」

なにやら謎の単語が出てきたな、『お試し』の転生？

「……お試しってことは、本番の転生もあるのか？」

「ええ、勇者を転生させる本番の作業は、もう少し先になりますね。転生した勇樹さんを観察させてもらって、その結果を踏まえてどのような形で勇者たちを転生させるか決定いたします」

はい、第二ワード来ました『勇者たち』、今度は複数か。それにしても……

「チョット待て。一人でもヤバイ強さの勇者を何人も呼ぶつもりか？」

「いえ、それは……前回の反省を踏まえ、与える加護は控えめにすることになりまして」

「その辺はボクが補足するよ。まあ、そもそもは、ボクが勇者に加護を与えすぎたのが原因といえば原因なんだよねえ、ハハハ――」

……ああ、わかっていたよ、お前が全ての元凶なのは。

「ほら、キミたちの世界って危険な魔物の類がいないじゃない？　だからさすがのボクも着のみ着のままで異世界に放り出すような非道なことができるわけもなくてさ」

「で、たくさん加護を与えまくった、と？」

「そうだねえ……全ての武器・魔法に関わるスキルレベルを、最高の一〇を超えたＥＸにして、毒や麻痺をはじめとしたあらゆる状態異常を無効化できるようにもした。それに、レベルも上昇しやすいよう、成長速度を五倍くらいに速くしたんだったかな、後は……」

「あ、もういいです、お腹いっぱいです」

自重しなかったのは神様サイドでした。

「こっちが無理を言って呼んだ以上、要望はなるべく通さないとねえ。勇者の言ってきたことはとりあえず丸呑みしたよ」

「それで、あれはやりすぎたと反省して、今回はってことか？」

「そういうこと♪　ボクも世界を救った勇者が巨大な統一国家とハーレムを作ってウハウハな余生を――までは予想していた。けどまさか、気に入った娘がいたら貴族の娘だろうと人妻だろうと問答無用でハーレムに入れ、飽きるか妊娠すると用なしとばかりに放逐するとはね。君臨すれども統治せずの精神で美食と享楽にふけり、すっかり肥え太った豚を見るのは、なかなかクるものがあったよ」

勇者サイドも、かけらも自重してなかったかあ……。

「……なんか、俺が言う筋合いのことじゃないが……同郷の者がスマンな」

「いやあ、人間ってあそこまで際限なく欲望に忠実に踊れるものなんだねえ。見かねて加護を全部取り上げたら、すぐに誅殺されてて、最後にもう一笑いさせてもらったよ」

「……で、今回は同じ轍は踏みたくないから、俺に適当な加護をつけて様子見をしよう、と？」

「言っておくけど、誰でも良かったわけじゃないからね。色んな人間を見てきてキミだ！　って目星を付けたんだから」

ビシッ！　と俺に向かって指を差すエルダー、決まったとばかりにご満悦のようだ。

「……具体的にはどんな風に？」

「いきなりチートよこせ！　って言ってきたおバカちゃんは強制退場だね。あと、チートがたくさん欲しいからって『どうしよっかなぁ～』って駆け引きをしようとした子も不合格。もちろん全員記憶を消してお帰りいただいたよ。だいたい二〇〇人くらいかなあ……」

……ああ、そんなウンザリするような作業を二〇〇回も繰り返したのか。さすがに同情するわ。ただそれって、二〇〇と何人目かに俺を引いただけで、目星じゃねえからな！

「ちなみに俺が合格なポイントは？」「――あのお……」

「即答で転生に承諾したように、元の世界に未練もなさそうなところ。あとはボクと普通に会話してくれたノリのよさと不遜なところかな」「――チョット……」

「希望通りに対等の立場で会話したら不遜とか、それじゃ一体どうしろと？」「――ねえ……」

「普通は『イエイエそんな恐れおおい』とか言わない？」「――ですから……」

「相手の要望に応えようとするおもてなしの心だよ、これでもありふれた日本人なんでな」

「――私を無視しないでください‼」

キィイイイイイン‼

ぬぐぁ‼　思念体の弊害が！　形式上発音はされているものの、その実思念に変わりはないので耳を塞いでも意味がない。耳元で発せられた大音量がダイレクトに脳に響き渡る！

「お父様！　いくら会話をするのが楽しいからといって、脱線しすぎです！」

「少しくらいいいじゃないか。彼、ノリはいいわ、イジると楽しいわ……大体お前たちがボクの話し相手になってくれないからだぞ？」

「お勤め中にくだらない話題を振ってきたり、真面目な話の途中にスキを見てはふざけようとするお父様のせいです！」

「心に余裕をもって仕事に向かって欲しいと願う親心なんだけどねえ。父親が娘に嫌われるのは人も神も同じなのかな……どう思う、相方くん？」

誰が相方か。

「……少なくとも『ヤダ、わたしの下着お父さんの洗濯物と一緒に洗わないでっていつも言ってるでしょ！』とは言われそうにない分、エルダーの方がマシなんじゃないのか？」

「え？　あ……‼　ヤ、ヤ――――！！」

……吹っ飛ばされた、イヤ、ほんと、かるく一〇〇メートルくらい。

「あははははははは‼　キミ、最高だよ！　やっぱりキミを選んでよかった」

そうですか、その代わり俺は色々ヤヴァイです。

「こうなったら是が非でもキミをあの世界に送り込むよ。これは創造神であり最高神であるボクの決定だ。誰にも文句は言わせない」

「そんなことで神威を振るうなよ……」

「とりあえず、キミに与える加護をどうするか、話し合おうか――」

■

「お父様、あの方は大丈夫でしょうか……」

「心配することはないんじゃない？　彼、結構優秀そうだよ？」

心配そうな表情を浮かべるティアと終始楽しそうなエルダーは、勇樹が送り込まれた歪なひょうたん型の世界に目を向ける。

「でも、彼に与えた加護は、戦闘向きのものではありませんよ？」

「だからだよ、それがわかってて、あえて勇者を目指したり、戦いに身を投じることもないだろう」

「そうですよね……」

納得したのかその場から姿を消すティア。彼女は女神として、しなくてはいけないことが数多ある。このことだけに全ての時間をさくことはできない。

「……まあ、もっとも。あくまで『直接戦闘』向きではないだけで、使い方しだいの能力だよねえ、アレ」

一人残ったエルダーは、勇樹との会話内容を思い出し、楽しそうに笑う。

「楽しみだよ勇樹……キミならきっと、前回の勇者とは違う生き方をしてくれるだろう。もしかしたら、ボクが期待する以上のことをしてくれるかもしれないね」

エルダーの視線の先には何もない――しかし彼は、そこに確かに何かがあるように、しっかりと虚空を見据えた。

「もしも、本当にそうなるというのなら……いずれ、キミが役割を果たし、役目から解放されたとしても、ボクはキミをずっと見続けているよ。君の命が尽きるその日まで」

そして世界は現在へと続く――

第一章　薬師の流儀

ポリフィアの街。

人やその他の生命が生活を営むこの世界、その南方に位置するサザント大陸の東側にある小国――アトワルド王国が治める衛星都市のひとつだ。

王都から北東に延びた、海へと続く街道上に存在する、比較的豊かな街だが、最近の街の空気はやや重い。いつ起こるともしれない戦への不安が、住民の心に影を落としているのだ。

事の始まりは六年ほど前、街道の端にあった港町が、帝国との衝突によって滅んだことにある。

当時、国外からすれば少し大きめの漁村にしか見えないこの町を、よくある国境沿いの小競り合いの感覚で、帝国は攻めた。

しかしこの港町、範囲は狭いものの豊富な漁場に加え、他とは一線を画す上質な真珠の養殖場所でもあり、王国にとっては重要な財源の一つであった。

当然、王国の抵抗も激しいものとなる。事情を知らずに侵攻した帝国は、この王国の動きを自分たちへの本格的な敵意と捉えた。

そのため争いの規模は拡大。結果、小国相手に引くに引けなくなった帝国は、この港町滅ぼし、軍を駐屯させた。

だが、翌年より最高級の真珠の流通量が激減し、さらに入荷の目処も立っていないことをお抱え商人から聞いた帝国および各国の上流階級の女性たちは、原因が帝国にあることを突き止める。

遅ればせながらあの港町が持つ本当の価値に気付いた帝国は、集まる非難の目をこれ以上大きくしないよう、軍を撤退させ、少しばかりの損害賠償を支払うことで停戦協定を結んだ。

そして停戦から五年、王国と帝国の関係は以前の険悪なものへと戻っていた。

街の大通りを軽快な足取りで歩く男がいる。

比較的上質な麻布で作られた平服の上にたくさんのポケットがついた、見る人が見れば『ハンティングベスト』と言いそうな上着を身につけ、フードつきのマントを羽織った男だ。

健康的に焼けた小麦色の肌、短めに刈った黒髪を無造作に手櫛で整えた姿は爽やかな印象を与え、精悍な顔立ちながらも目元は柔らかく、柔和さも感じさせる。

十人並み以上イケメン未満の男――シンは、転生前と変わらず『いいひとオーラ』を漂わせていた。

胸元についた『ショットシェルポケット』に筒状の各種薬瓶を弾薬よろしく差し込み、自分の身長よりも長い棒を杖のように扱う彼は、通行人のまだ少ない通りを歩いている。

そして――

「やあ、おっちゃん」

店に薬品を卸したばかりのシンは、日課とばかりに、ある屋台に向かって声をかける。

「おう、シンじゃねえか。どうだった？」

この街に来てから通いつめている串焼き肉の屋台――値段も安くて味もいい、スキンヘッドに捻り鉢巻き、おまけにいかつい頬キズの店主でさえなければ、人気店になること間違いなし――のオヤジが、威勢のいい声で返す。

「いつも通り、売った、勧誘された、断った、だよ。とりあえず焼けてるのを五本ほど貰おうか」

手ぶらな左手を上げてパーを作ると、アツアツの串焼きが五本、サッと差し出される。

「向こうさんも懲りねえなあ。ま、気持ちはわからんでもないが」

「ングング……気持ちねえ。建て前はともかく、本音が透け過ぎてこっちはゲンナリだよ」

この街の錬金術ギルドは、件の店を介してギルドに加入するよう度々シンを説得している。

『この副作用のない回復薬がもっと安価に流通すれば、冒険者たちが命を落とすリスクは格段に減る！』という誘い文句で。

彼らの言葉に嘘はない、確かにそういった側面もあるのは確かだろう。だが本音はもちろん『自分たちが加入させたメンバーが新薬の開発に成功した』という栄誉が欲しいのだ。

秘薬のレシピや魔道具、武具への付与効果、新しい発見や開発が行われなくなった昨今、新薬の開発に成功したとなれば、ギルド支部の評価はうなぎ上り。小国の一支部でありながら、大国にも幅を利かせられるようになる。実に生々しい話だった。

「建て前をつらつらと並べるんだったら、こっちの建て前も汲んで欲しいもんだよ」

「安易に回復薬に頼ることの危険性と、回復薬はあくまで、もしものときの緊急措置ってか？」

「そうだよ。新人の頃から便利な薬に頼るようじゃ、勇気と無謀の区別もつかずに早晩死ぬだけだ。俺の薬のせいで死にましたなんて、後ろ指差されたくないね」

「確かになあ……で、本音は？」

「錬金術ギルドは基本、ギルド内の情報公開が原則。俺のまだ隠してるレシピも含め、ケツの毛まで毟る気マンマンの奴らに尻を差し出すわけないだろ」

ギルド製以上の効果を発揮する回復薬を独自で開発した人間なら、他にもレシピを秘匿しているはずだ！　と考えない方が、むしろおかしい。そんなギルドの思惑に気付かないほどシンは能天気でも、ましてやホイホイ提供するほどお人好しでもなかった。

「だいいち、俺は薬師であって、錬金術師じゃないんでね」

「その言葉をギルドが信じてくれるといいな」

「………………」

「まあ辛気臭い話はこのくらいにして。どうよ、今日は街の外に出るのかい？」

話題を変えようと、おっちゃんが陽気な声で質問をしてくる。

「はて、今日の予定か……とくにないな」

「ふう……若いモンが朝から何もせず、ブラブラと街をふらつくのは感心しねえぜ？」

おっちゃんはため息を一つつくと、シンに呆れたような視線を向ける。

「生憎と十六なんでもう大人だよ。子供扱いは俺の誇りに傷をつけたぜ？　お詫びとして串三本な、もちろんタダで」

ちなみにこの世界は、十五で成人扱いである。

「いい大人が朝から何もしないのはもっと感心しねえな。ホレ、というわけで、お代は貰うぜ」

おっちゃんの返しに、シンはぐうの音も出ない。

しかし、回復薬を店に卸した時点で、シンの今日の仕事は終わりだ。さらに言えば、次の納品までは自分のペースで材料を集めて薬を調合するだけ。技術職である薬師に定時労働の概念はない。

とはいえ、無為に時間が過ぎるのをよしとするほど、シンも怠け者ではなかった。

「外で何か狩ってくるかねえ……」

「おお、そうかそうか、だったらブラッドボアかオークがいたら頼むわ。そろそろ在庫が切れそうでよ」

「それが本音かよ、じゃあ弁当代わりに一〇本な。獲れなくても文句言うなよ？」

「シンが手ぶらで帰ってくるなんて、冗談でもありえねえな」

「人をごうつくばりみたいに言うなよ、おっちゃん」

カカと笑うおっちゃんにシンも笑顔で返し、木の葉に包まれた串焼き一〇本を受け取る。

街の外へ向かおうとするシンの背中に、何かに気付いたおっちゃんが声をかけた。

「おおそうだ、忘れるとこだったぜ。外へ出るなら、今日は北の森へ行ってみな」

「何かあるのか？」

「俺の勘だ、何かいいことがあるかもしれねえぜ」

「フウ……一ミリも説得力のないお言葉をありがとよ」

半眼(はんがん)になったシンは、気の抜けた表情でおっちゃんに向き直ると、これ見よがしに肩を落とす。おっちゃんはおっちゃんで、そんなシンの態度に笑顔を張りつかせたまま額に浮き出た血管をピクピクと脈打たせるが、大人の対応でスルーした。

「……まあ、獲物(えもの)がいなくてもおっちゃんのせいにできるし、行ってみるよ」

「サラッと嫌なこと言うなって、それじゃ気をつけて行けよ‼」

返事代わりに手を上げ、シンはそのまま街の北門へと歩いていった。

——これから起こる一連の騒動は、ここから始まった。

■

ザスッ、ザスッ——

ミリタリーブーツのようなごつい履物(はきもの)で森の中を歩くシンだったが、自分の足音が響くだけで獣の気配などは一切感じない。

「……これはハズレだったか？」

回復薬の材料になる薬草をいくつか採集(さいしゅう)しているので、全くの無駄足(むだあし)だったわけではない。しかし、ブラッドボアの一頭くらいは狩(か)りたいと思うシンは、さらに奥へと足を踏み入れる。

「仕方ないな、もう少し奥に入る――!?」

キン――――!

シンの耳に今、微かに金属のぶつかる音が届いた。

音のした方向を確認すると、シンはそこから身を隠すように木の後ろへ移動した。

――キンッ!

もう一度、今度はさっきよりも激しくぶつかる音。

(――誰かが戦ってる?)

『一介の薬師、しかもモグリ』としては、トラブルなどゴメンだが、もし仮に非道なことが行われようとしているのであれば、それを見て見ぬ振りができるほど無情な男でもなかった。

「……まあおっちゃんも『何かいいことがあるかも』って言ってたしな」

いいことどころかトラブルだったわけだが、さすがにそこは流した。

シンは息を潜め、足音が響かないよう慎重に現場へ近付く。そこには――

「くっ!!」

「はっはぁ! 嬢ちゃん、子供の頃一人で出歩いちゃあいけませんって、ママに教わらなかったかい? 悪い大人に攫われちゃうよってな!」

「そうだぜ、だから俺たち優しいお兄さんが安全なとこまで連れてってやるよ」

「まったくだ、俺たちのアジトにあるベッドの上ならどこよりも安全だぜ」

「違えねえや、みんなでハッピーになろうぜ、なあ嬢ちゃん？」

（ないわあ……）

昼間からの、あまりにお約束な展開に、シンのテンションは地の底まで落ち込んだ。

『くっコロ』もとい冒険者と思しき女性は、下卑た笑顔がステキな男たちに囲まれており、悔しそうに表情を歪めながらも視線を激しく動かし、なんとか活路を求めている。

（ひぃふぅ――四人か。身内のトラブルなら放っておいてもいいんだが、ああもあからさまじゃあなあ……）

シンは上着のポケットから粉末の入った薬瓶を取り出すと、さらに慎重に彼らに近付きつつ風上に移動、やがて――

「あうっ‼」

女は剣を突き出すも、あえなく弾き飛ばされてしまった。

「ほい、おしまい――こうなったらもう勝ち目はねえ。大人しく言うこと聞きな。なに、悪いようにはしねえよ」

剣を弾き飛ばされたはずみで痛めたのか、女は手首を押さえながら身構える。

「……誰がそんな言葉信じるって言うのよ」

「ん～、そりゃお前さんの心がけ次第だな」

「イヤっ、近寄らないで‼」

四人の悪党が囲いを狭めはじめると、それを見たシンは今だとばかりに手元から薬瓶を放る。

ヒュッ――――ガチャン！

シンの投げた薬瓶は、一番風上に立っていた男の後頭部に当たって割れる。そしてその場を中心に、薬瓶の中身――ピンクがかった毒々しい色の粉末が、煙のように周囲へと広がった。

「うわ！　なんだこ……れ……」

ドサッという音とともに男が倒れ込む。薬瓶をぶつけられた男だ。男の口元から微かな寝息らしきものが聞こえてくるところからして、強力な睡眠効果のある薬のようだ。

「ヤベェぞ、仲間がいたのか？　お前ぇら息を止めろ、あのピンクの煙を吸うんじゃねえ！」

「え？　一体、ナニ……が……」

事態が呑み込めぬままピンクの粉を浴び、あっさり眠りの世界に旅立った女冒険者とは対照的に、意外と対応の早い残りの三悪党は、その場から一旦退いた。

「ん？　ただのチンピラ野盗の類だと思っていたけど、結構できるのかな？」

姿を現したシンは、眠り粉の風上に立つと、懐からナイフを取り出し、眠っている男の首筋に刃を当てる。すると、男たちは息を止めたまま一瞬だけ目を見開くが、全員無言で腰の得物に手をかけた。

統制された動きには、明らかに訓練された者が纏う気配が感じられる。

「へえ……」

眠ってる男をそのままにして立ち上がったシンは、ナイフを手の平で弄びつつ、

「よう、四人がかりじゃないとナンパもできない童貞どもが、仲間の危険にゃ目の色変えるってか？」

と、彼らに向かって挑発を始める。

「…………」

「おいおい、話しかけてるのにダンマリかよ。薬から充分離れてるくせに臆病なことで……」

「…………」

「ふう……まあいいか。盗賊一人でも役所に突き出しゃ、小遣い程度にゃなるだろ」

その言葉を聞いた瞬間、三人は弾けたようにシンに向かって飛びかかった。

（やっぱり、コイツら盗賊じゃないな）

シンが飛び退くとほぼ同時に、今まで彼がいた場所に三人の剣が殺到した。

「……確実に殺るぞ」

今までシンの立っていた場所はすなわち薬の効果圏外だ、と判断した男が口を開く。どうやらこの男がリーダーのようだ。

「残念、タイムオーバーだ」

「ぬっ？　……んぐっ！　が……」

シンの言葉に一瞬怪訝な顔を見せる三人だったが、バタバタと立て続けに倒れていった。

シンは彼らのもとへ悠然と近付くと、リーダーの前でしゃがんだ。

「よう、気分はどうだい？」

「貴様……麻痺毒か!?」

「ご明察。こう見えて俺は薬師でね」

「しかし、いつの間に……」

「そうだな、最初からって言えばわかるか？　なまじ目に見える眠り粉に気を取られすぎたな」

種を明かせばなんのことはない。先に麻痺効果のある無味無臭の薬を風に乗せて散布し、充分拡散した後で毒々しい色の眠り粉を撒いただけのことだった。

「挑発に乗らずに息を止め続けたのは悪手だったな。無呼吸状態のせいで血の巡りが活発になり、全身に薬の効果を行き渡らせる結果になっちまった。とはいえ、退いた場所も薬の範囲内だったから、息をすれば薬が体内に入ることになったか……どのみち詰んでたな」

「くそ……」

「で、このいい気持ちで寝てる奴を見捨てなかったのは、仲間意識が強いってわけでもねえよな。残していけない理由があったから……お前ら、帝国の軍人か？」

「…………」

「まただんまりか……まあいい、尋問するのはお役人の仕事だ。気持ちよく眠ってる一人を突き出せば、あっちが拷問でもなんでもしてくれるだろ。おまえら三人は俺に付き合ってもらおうか」

「……？」

「知ってるか？　新薬ってのは、実際に使ってみないと効果の検証はできないんだ」

「…………」

「三人もいれば薬の実験台はもちろん、生きたまま解剖して人体の秘密に深く迫ることもできそうだな……いやあ、夢は広がるばかりだ。なに、気にするな。技術の進歩に尊い犠牲はつきもの。むしろ貢献できることを喜べよ」

楽しげに話すシンとは対照的に、三人の顔は蒼白、全身を襲う麻痺とは別の震えに言葉もない。

　当然だろう。彼らがシンの言うとおり軍人だとして、情報を漏らさぬためなら拷問に耐えられても、人体実験に付き合えと言われて了承するほど彼らはマゾヒストではなかった。

　そこには耐えるべき意味も意義もない。待つのはただただ苦痛に苛まれるだけの時間。

　当然救いなどなく、死ぬまで身体をいじくり回されるだけ。

「おっちゃんの言ってた『いいこと』ってのはこれだったか。うむ、実にいい拾い物――」

　三人の男たちは見た、眼前の男の目に喜悦が浮かぶのを――そして、彼らの心は折れた。

「――っ‼　し、喋る！　喋るから……だから‼」

「そうかい？　それじゃあこれから一人ずつ個別に話をしようか。情報に齟齬があったり、意図的に隠してると判断したら……楽しい時間の始まりだ。俺はどっちでもいいから、お前らの自主性に任せる。ちなみに薬の効果が切れるのを待っても無駄だぞ。三時間は余裕でもつからな」

　命乞いをする一人を引きずりながらシンが森の奥に消えると、その場に残された二人は逃げ出す行動すら起こせず、暢気に寝ている仲間の一人と女を恨めしげに睨んだ。

　改めて彼らは、自分たちを無造作に放置できる男の態度に震えた。

　一人が連れていかれた時点で、口裏を合わせることはできない。少しでも情報を隠蔽したと判断されたら、また逃走を図ろうものなら――むしろ仲間が増えるのを待ち構えているのでは？

そんな考えを頭によぎらせつつ、残された二人は震えながら祈ることしかできなかった。

たとえ死は避けられないとしても、せめて苦しみの少ない最期でありたいと――

■

……パチ……パチン！

「ン…………ン……」

パチパチと響く音を聞いた女は重い瞼を上げ、そのまま天を仰いだ。目の前には夜空が広がり、いつの間にか眠っていた自分に困惑する。

「わたしは…………!!」

ガバァッ!!

意識を失う寸前の、自分の置かれていた状況を反芻した女は、バネのように飛び起きると、自らの身体をまさぐるように確認、着衣に乱れのないことを見てやっと安堵のため息をついた。

「――ああ、起きた？」

突然声をかけられたことに心臓が飛び出そうなほど驚いた女は、声の主から逃げるように飛び起き、剣を構えようとしたところで丸腰なことに気付き、警戒を強める。

「ふう……。命と、主に貞操の恩人に向かって、そいつはあんまりな態度だ」

「え？　……あなた、一体？」

「ただの通りすがりのお人好しだよ。ここは、アンタが襲われた森から少し外れた原っぱ。

そんでアンタの得物はそこ」

　目の前の男が指差す方向に、自分の武器や所持品がまとめ置かれているのを確認した女は、それらを全て手元に引き寄せ、武器や防具を身につける。その間も警戒は緩めない。

　そんな女の態度に男は嘆息した。

「でもって、そんな恩人に礼も言わない礼儀知らずの行き先は向こう。のんびり歩いても朝には街に着くよ。夜道の一人歩きは危険かもしれないけど、胡散臭い男と一晩過ごすよりマシだろ？」

「あ……ゴメンなさい……私」

「別にいいさ。事態が呑み込めず不安な状態で、見知らぬ男と二人きりじゃあ、気も休まらないだろ」

「そうかもしれないけど……あなたが助けてくれたの？」

「まあ、成り行きで。見知らぬ相手とはいえ、見過ごせるほど非情にもなれないんでね」

　そう言って肩をすくめる男からは、警戒心をどこかに置いてこさせるようなのんびりした空気が伝わってきた。

「助けてもらったのにゴメンね、私はエリス。あなたはええと……？」

「シンだ。それと、助けてもらって口にする言葉は、ゴメンじゃなくて、ありがとうじゃない？」

そう言って笑いかける男――シンの言葉に、目をパチクリとさせたエリスもつられて笑みを浮かべる。

「フフッ……そうよね、助けてくれてありがとう、シン。本当に助かったわ」

「どういたしまして」

焚き火を挟んで、二人の男女は笑いあった。

警戒を解いたエリスは焚き火に身を寄せると、シンに話しかける。

「ねえ、それであの四人はどうなったの？」

「森の中で仲良く寝てるよ。まあ、もう起きてくることもないだろうけど」

なんでもないことのように話すシン。

「四人まとめて？　……シン、あなた強いのね」

「別にそうでもないさ。オツムの足りてないバカが四人、束になったところで罠にひっかかる獣と大差ない」

「そういうものかしら……？」

納得のいかないエリスに、シンは状況を詳しく説明した。眠り薬と痺れ薬の時間差攻撃で無力化したこと、捕らえて街に連れ帰るのも面倒なので後くされないように始末したこと。

その中でシンは、彼らが帝国の軍人であることは伝える必要がないと、あえて口を噤んだ。

「というわけで、俺は本当には何もしてないよ。薬を撒いただけだ」

「何もしないで倒したんだったら、そっち方がよっぽど凄いわよ……ねえ、聞いていい？」

「何？」

「どうしてわざわざ時間差で二つの薬を使ったの？　麻痺の効果が出てくるまで待つ方法もあったし、即効性の麻痺毒を使う手もあったんじゃない？」

「即効性って言っても、一瞬で身体の動きを封じられるわけじゃないからね。その間に解毒薬を飲まれたら意味がない。一人が異常に気付いた時点で、残りの奴らには警戒されてしまう。まあ、効果が段階的に効いてくるのは遅効性でも同じなんだけど、ピンクの眠り粉に警戒して呼吸を止めてくれたおかげで、毒が早く全身に回ってバタバタと倒れてくれたよ」

解説を聞いたエリスは、へー、とひとしきり感心する。

「そこまで考えてるんだから、やっぱり凄いじゃない」

「俺は剣士でも魔道士でもない薬師なんでね。手持ちの薬品を有効に使えなきゃ生きていけないんだよ」

「そっかあ」

「俺からも聞きたいんだけど、見た感じエリスはレンジャーだよな？ なんで一人であんなのに襲われるハメに？」

「うっ、それは……」

エリスの話はこうだった。

仲間の一人が冒険中の怪我がもとで引退を余儀なくされ、しかもそれがリーダーだった。残りのメンバーでは、仲間を上手くまとめることができず、パーティは瓦解。どうせやり直すなら故郷でもう一度！ と奮起したものの、めぼしいパーティにレンジャーの空きはなく、しかたなく一人で森に入ったところを運悪く、とのことだった。

最後まで聞いたシンは黙って合掌する。

「そいつはご愁傷様。まあ冒険者とはいえ、女が一人でうろついてりゃ、そういう輩に目をつけられることもある。今度からはちゃんとしたパーティに入れてもらうんだな」

「むう、反省してるわよ……」

エリスの顔が赤いのは、焚き火に照らされてか、それとも別の要因か。

「ともあれ、今日は一晩ここで過ごして、明日になったら街に帰ればいいさ」

「シンはどうするの？」

「屋台のオヤジにおつかいを頼まれてんだよ、ブラッドボアかオークを獲ってこいってな」

それを聞いたエリスはひどく驚いた顔をする。

「おつかいって……一人でそんなの狩るなんて、とんでもなく危険じゃない！　何考えてんのよ⁉」

「っても、何度もやってることだしなあ。正面から戦う分には確かに面倒かもしれないけど、罠や薬を使えば比較的簡単だけど？」

あっけらかんと答えるシンに、エリスは真剣に止めようとする自分の方が間違っているのかと悩んでしまう。そして――

「……わかった、私も手伝うわ！」

「……ハイ？」

「だから！　私も一緒に行くって言ってるの！」

「イヤイヤイヤ――」

「だいいち助けてもらったお礼もまだだし、ちょうどいいわ。シンもそれでいいわよね？」

「…………ハイ」

「よしっ」

何が嬉しいのか、達成感に満ちた表情のエリスだった。

「はあ……それじゃ明日はよろしく頼む。ああ、夜の見張りは交代でね。エリスはさっきまで寝てたから先に寝させてもらうよ」

「うん、それはいいけど……いいの？」

「ん？　別にエリスが俺の荷物を持ち逃げするとか思っちゃいないよ」

「そんなこと！　……でもそうね、普通は初めて会った人の前で寝られないよね」

「そっちのズダ袋には着替えとか日用品しか入ってないし、大事なものは全部身につけてるから、エリスが俺に夜這いを仕掛けてこない限り、なんの問題もないよ。夜這いされても問題ないけど」

「しないわよっ‼」

耳まで真っ赤になったエリスの怒鳴り声を、シンは笑顔で受け流しながら、

「後で交代するから起こしてくれよ、それじゃお休み」

と、言うが早いか、毛布を手にして横になる。しばらくすると、エリスの耳に寝息が聞こえてきた。

「……もう、調子が狂うわね」

エリスの独り言は誰に聞かれることもなく、夜の中に消えていった。

■

……パチ……パチン！

静寂の中、焚き火にくべられた薪の爆ぜる音だけが周囲に響く。

夜の世界に浮かび上がる炎を見つめながら私――エリスは、今日一日を振り返る。

色々と衝撃的な一日だった。

四人の男に襲われる途中で意識を失い、気がつけば初対面の若者に助けられていた。四人を撃退した彼は自分のことを剣士でも魔道士でもない薬師だと言い、明日はブラッドボアかオークでも狩ってくる、と暢気にのたまう。

今まで自分が生きていた中での常識とはかけ離れた男だと思った。

私だって自惚れるほどではないにしても、自分の腕に自信はあった、いやある。

いざとなれば前衛・後衛どちらもこなす自分だが、四人に囲まれた状況での接近戦となれば、不覚をとるのも仕方がない。それに、あの四人は明らかに実力も備えていた。

にもかかわらず、あの男――シンは、奇襲と奇策を弄したとはいえ、なんなく四人を圧倒したのだ。見たところ傷らしい傷もない。

そんな男が薬師だなんて、一体なんの冗談だろう……

初めて会った男にここまで好奇心をくすぐられるのは初めてだった。

明日は狩りに付き合うと自分から申し出たが、これでシンのことがまた少しわかるはず。

口ぶりからすると、ブラッドボアやオークを日常的に、しかも単独で狩っているらしい。

どちらも新人冒険者がパーティを組んだ程度では太刀打ちできない相手だ。ベテランの域に差しかかる中級冒険者でも、一人で倒すとなると苦労する。そんなのを相手にして、簡単だと言ってのける若者。

精悍だがまだ幼さの抜けきらない顔。おそらく私よりも若い。そんな男が中級冒険者並み、下手をすればそれ以上だとは、にわかに信じがたい話だった。

手伝うといっても、明日はシンという男を見極める一日になるのだろう。

そしてその実力が本物なら、私は――

「そろそろ交代の時間か……彼を起こさないと――」

■

……パチ……パチン！

静寂の中、焚き火にくべられた薪の爆ぜる音だけが周囲に響く。

……スゥ……スゥ……

そしてなぜか、所定の寝床より俺に近い場所で眠るエリスの寝息も、しっかり俺の耳に届く。

（どうしてこうなった……）

わかっている。一人で出歩くお嬢さんが郊外で悪漢に襲われていたら助けるのが男としての責務で、助けた以上安全が確保されるまで身柄を保護するのは男として当然の義務なのだ。

「………はあ」

そんな屁理屈をこねても意味がない。大事なのは、この現状にどう対処すべきかなのだから。

あの四人組――帝国軍の兵士は、なぜこの女――エリスを襲っていたのか？

そして屋台のオヤジはなんで、俺に今日この森へ行くように仕向けたのか？

おっちゃんは何か知ってたのか？　帝国の動向を？　それともエリスの存在を？

だったとして、なぜそれを俺に？

……情報が少なすぎるな。

（あいにく俺は、そこまで頭脳労働担当ではないんだが）

前世の俺は、勉強のできはよかったが、あくまでも知識を吸収することと、その知識を活用することに優れていただけだ。

限られた情報から仮説を立て、それを証明するために必要な行動をとるといった能動的な頭脳派ではないのだ。

「……スゥ………スゥ……ん」

今日会ったばかりの男の前で、よくもこれだけ寝られるものだと感心する。

よほど俺は信頼されているのか、それとも男として見られていないのか……是非とも前者であって欲しい、イヤ、それはそれで困るな。

放浪の旅を続けながら世界を見て回る。しがらみにとらわれないよう、どのギルドにも加入せず、誰とも深く関わらず――そう心に決めての旅だった。

上手くいっているとは言いがたいが、だからといって節を曲げる気にもなれない……少なくとも今はまだ。

――ふとエリスの寝顔を眺める。

育ちがいいのか親のしつけがよかったのか、硬い地面の上に厚手のシートを敷いただけの簡素な寝床の上で、よくもこんなにお行儀よく眠れるものだ。イヤ、むしろ育ちが悪かったのか？

微かに開いた口からスゥスゥと、可愛らしい寝息に呼応するかのように、革の防具に護られた胸元が上下する。

レンジャーのように俊敏さを求められる職業には不利になりそうな豊かな双丘は、なめし革に包まれつつも天に向かってそびえ立ち、呼吸に合わせてゆっくり隆起と沈降をくりかえす。

それをしげしげと見つめながら、

「……………はあ」

と、俺は再度ため息をついた。

(厄介なことにならなきゃいいけど……)

二人だけの夜は過ぎていく――

■

――森の中を歩く二つの人影がある。

一人は周囲に気を配りながら慎重に、一人は街中を歩くように軽やかに。

前者はエリスで、後者はシンだ。

「それで、どうやって獲物を狩るつもりなの？」

「まあ見てのお楽しみ。おっ、あそこに生えてるのはエリク茸、スープに入れるといいダシが出るんだよ」

「はあ、一人だけ緊張してバカみたい……」

終始マイペースなシンの様子に、周囲に気を配る以上の疲労を感じるエリス。

「まだここはアイツらのテリトリーじゃないから、緊張する必要はないよ。この辺は別のヤツの縄張りだから」

「別のヤツ？」

「そう、ホラ、あの木を見てみな。木肌が擦りあげられたように剥げてるだろ？」

シンが指差す先にある太い木を見ると、なるほど、外皮がまばらに剥げ落ちている。

「あれが、何？」

「この辺はフォレストバイパーの生息域っていう証」

「フォレッ――――!?」

フォレストバイパー：Bランクモンスター

大きいものになると一〇メートル前後に成長する大蛇。巨体にもかかわらず樹上生活を送っており、大木を飛び移って移動することもある。

肉食で、食料になる獲物を見つけると樹の上から急降下して襲いかかり、巨体で締め上げた上で、バイパーの名の通り毒牙によって止めを刺す。その後丸呑みしてゆっくり消化する。

また、地上に降りた状態のフォレストバイパーは空腹で大変気が立っており、恐ろしく

攻撃的である――

「オークなんかより数倍危険じゃない‼　何考えてるのよ⁉」

「……え、そうなの？」

「あなた、冒険者ギルドに貼ってある討伐依頼書見たことないの⁉　Bランクよ、B！　Dランク相当のオークより二ランクも上なの‼」

　ここで言われているランクとは、モンスターの強さを大まかに分類した目安である。ランクは最低のFから最高のAまでの六段階――さらにその上のランク指定外、いわゆる災害指定ランクと呼ばれるものもあるが、ここでは割愛する――に分けられている。概ねFランクは新人冒険者が単独ないし二人がかりで立ち向かえる脅威度、Eは新人がパーティを組んで立ち向かえる、D・Cがそれぞれ熟練、B・Aが一流――となっている。

　つまりフォレストバイパーは、一流と呼ばれる冒険者が最低一～二人であたるべき危険な魔物というわけだ。ちなみにオークはD、ブラッドボアは限りなくDに近いEだった。

「初めて知ったよ。なにしろ冒険者ギルドには未加入で、中に入ることはないから依頼書も見ないし」

「だから、急いでここから離れないと！」

　シンは、この場を一刻も早く離れようとするエリスの腕を掴んで引き止めた。

「それについては俺が物知らずだったよ、ゴメン。だけど心配しなくていい。フォレストバイパーの対処方法ならいくつか持ってるから」

「あなた、何を言って……？」

　怪訝な表情を浮かべるエリスだが、あまりにも落ち着き払ったシンの態度にもしかして？　と思って逃げることをやめる。

「フォレストバイパーは基本夜行性で、よほど腹が減っていない限り、昼間に活動することはない。それに、ヤツらはある臭いを殊の外嫌うから、それを身につけていれば絶対襲ってこない。そして今、俺はそれを持ってる」

　そう言ってシンが懐から取り出したのは、小さな巾着だった。

　エリスは巾着に鼻を近づけるが、何も臭ってこない。人間には嗅ぎ分けることができない臭いなのだろうかと、彼女は首を傾げる。

「これさえあれば、アイツらは絶対寄ってこないから安心していいよ」

「……信じていいのよね？」

「ああ」

「うん、わかった」

　不安は残るが一旦それを呑み込み、自信満々のシンを信じることにしたエリスは、改めて周りを見渡す。

「見かけない植物が生えてるわね」

「ああ、フォレストバイパーの縄張りに入った獣や魔物はもれなく胃袋行きだから、草食動物もいなくて、貴重な植物や薬草が群生してることがままあるのさ」

「知らなかったわ……」

「まあ、他の奴らはともかく、俺にとってはフォレストバイパー様様だよ」

　エリスの目の前にいる男は、巷で森の悪魔と恐れられているフォレストバイパーと共生関係にあるということか。とことん非常識な人物である。

「お、そろそろ縄張りを抜けるから、ここからは周囲に気を配ってくれよ」

　さっきまで緩んでいたシンの気配が、ピリッとしたものに変化する。

「うん、任せて」

　エリスも、ここからは自分の領分とばかりに、周囲へ警戒の網を広げる。

　やがて――

「……シン、これ」

　エリスがしゃがみ込むと、シンもそれに倣う。

「オークの足跡だ……ごく最近のもので、しかも単独、最高の条件だ、これはエリスに感謝だな」

「いや、そんな」

照れるエリスだが、大切なことを一つだけ忘れていた。オークは熟練冒険者が一人ないし二人がかりで立ち向かう、Dランクモンスターだということを。

シンの非常識さにあてられて、エリスはそのことをすっかり忘れていた。

ほどなくして——

「シンッ！」

「ああ……俺も見つけた」

エリスの警告に一呼吸遅れて、シンも標的を捕捉する。対するオークは風上にいるため、二人にはまだ気付いていない。

目の前のオークは一般的な成体より一回り大きく、パワーもありそうだ。

「ちょっとあれ、マズくない、大物よ？」

「いや、アレだけ大きけりゃ、脂の乗りも肉の締まりもよくて美味そうだぜ？」

……オークを魔物と見ているエリスと食材としか見ていないシンとの間には、微妙な、そして大きな認識の違いがあった。

オーク：Dランクモンスター
人のように直立して活動する豚の魔物。人の数倍の筋力を誇り、よほど高レベルの冒険者でもない限り、素の力比べで人間に勝ち目はない。豚の魔物らしく、肉は上質な豚肉の

味わい。

また、性欲旺盛(おうせい)なことでも知られており、繁殖(はんしょく)にはオークのみならず人間・エルフをはじめ、ヒトに近い種族であれば交配が可能である。生まれてくる子供は全てオークとして生まれる――


事ここに至(いた)ってこの魔物の危険性を思い出したエリスは、命の危険ともう一つ、女としての危険に身震いする。

「ねえ、本当に倒せるんでしょうね？　イヤよ私、あんなのにナニかされるなんて！」

「――ああそうか、エリスはその手の危険もあったか……大丈夫、だったらより安心確実な方法で仕留(しと)めるから」

「……本当に？」

「ホントホント。ちなみにエリス、聞きたいんだけど――」

シンはエリスにこれからの作戦を説明した。

「――どう、できそう？」

「それは大丈夫だけど……ホントにそんなことで？」

「大丈夫、チャッチャと済ませよう――」

■

「──プギィ?」

　森の中を歩くオークは、進行方向に人間らしき影を見つけた。大きく迂回(うかい)してオークの進む道に先回りをしたシンである。

　シンはオークの存在に初めて気付いたかのように驚くと、怯(おび)えたように視線を合わせる。

「プギルル……」

　オークは少しだけ残念に思った。もしアレが雌(メス)ならば犯(おか)して孕(はら)ませることができるのに、と。

　そして同時に喜びもした。人間の間でオークの肉が食用として取り引きされるように、オークにとっても人間は食料となるからだ。

　雌(メス)は犯す、雄(オス)は食(しょく)す。人間の雄(オス)の筋張(すじば)った肉は歯ごたえもあり、噛(か)むと染み出る肉汁はオークの食欲を満足させる。

　目の前の美味(おい)しいエサに標的を定めたオークは、相手が逃げ出さないようにゆっくりと、そしていつでも飛びかかれるよう身体を丸めるような姿勢で、のっしのっしと近付く。

　するとシンは、まだ離れた場所からオークの足元に向かって何かを投げつけた。

　それは薄い小瓶──足元で割れたその瓶からは粉が舞い上がり、たちまちオークの全身を包む。

「プギィッ‼　……プ……プ？」

毒か何かを投げつけられたと慌てたオークだったが、別段身体のどこにも異常はなかった。むしろ気分は高揚している。

同時に、自分の感覚が鋭敏になっていることに気付く。さっきまで薄らとしか漂ってこなかったこの雄の匂いが今ははっきりと、まるで鼻先に掲げられているかのように強烈に香ってくる。

間違ったものを投げつけたにちがいない。オークは目の前のバカな雄に感謝した。今の自分なら、あの雄を仕留めるのは簡単だと、そしてこの研ぎ澄まされた感覚ならば、いつも以上に人間の肉を深く味わうことができると。

ダラダラと涎をたらしたオークが、今まさに飛びかからんと力を溜めたタイミングを見計らって、シンは後方、オークとは反対側に逃げ出す。

一瞬呆けたオークは、すぐさまシンを追いかけようとするが、鋭敏になった嗅覚がそれの存在に気付いた。

シンが逃走したそのすぐ先にある木の上には、人間の雌がいることを――

オークは逃げていった雄に再度感謝した。鋭くなった嗅覚で、樹上に隠れていた人間の雌を見つけることができたことを。

全ての感覚が鋭敏になった自分が人間の雌を犯すと、どれほどの快感を得られるのだろうか。オークにとって性欲は、食欲に優先した。

食欲によって口から零れ落ちていた涎は、今度は性欲によって溢れ出る。

「ヒッ――!!」

股間のモノを隆起させ、湿った白い息を吐きながらオークは木登りを始める。それを見た樹上の雌――もちろんエリスだ――の顔には、演技ではなく本物の恐怖に怯えた表情が浮かぶ。

じわりじわりと登ってくるオークから逃げるように、上へと登りはじめるエリスだったが、当然その先には限りがある。

木の頂上付近まで登ったエリスは、改めてオークの姿を確認する。目が合ったオークは、彼女に向かってニンマリと醜悪な笑みを見せつけた。

「イ……イヤ……」

本気で怯えるエリスだったが、登ってくるオークの下、この木の根元まで戻ってきて大きく手を振るシンの姿を確認すると、涙を堪えて覚悟を決め――キッとオークを睨みつけてから、全体重をかけて木を揺らし、その反動を利用して隣の木に飛び移る。

それを見てオークは一瞬悔しがるが、飛び移れない距離ではないとわかると、自分もエリスに倣って飛び移るべく己の体重をかけ、いざジャンプ！　というそのとき――

ドゴォォォン‼

激しい衝撃が木を激しく揺らし、バランスを崩したオークは足を滑らせ、真っ逆さまに落ちた。

ドズウゥゥゥウンンン！

「プギウゥゥゥウゥ‼」

これまた激しい衝撃が今度は大地を揺らす。一〇メートル以上の高さから落ちたオークは、たまらず顔を歪めて絶叫する。

相当なダメージを負ったオークであったが、人ならざる魔物がこの程度で死ぬことはない。

しかし、身をよじりながら起き上がろうとするオークに、トポトポと、シンは手にした小瓶の中身をオークの顔に振りかける。すると――

「プギャアアァァアア‼　プギャ、プ、プギャギャギャ……」

ジュワァァァア‼

肉のジュウジュウと焼ける臭いが辺りに広がった。オークは両手で顔を覆いつつ、なんとかその痛みから逃れようと転げまわるが、顔面を苛む痛みはますます強くなる。

シンの振りかけた液体は、強力な酸だった。彼が先に投げつけた薬のせいで感覚の鋭くなったオークは、顔を焼かれる痛みを数倍に増幅して受けることを強いられ、やがて――

痛みが限界を超えたのか、それとも体内まで浸透した酸が重要な器官を傷つけたのか、蹲ったままビクンビクンと小さく跳ね続ける。そのオークの延髄めがけてシンは、ナイフを突き立て——大きく一度だけビクンと跳ねたオークは、二度と動くことはなかった。

「まあこんなもんかな。おーい、終わったよ！」

いまだ樹上の人であるエリスに向かって、シンが手を振り声をかけると、彼女はスルスルと軽やかに降りてくる。この辺はさすがレンジャーといったところか。

「信じられない。こんな簡単にオークが……」

驚愕も当然だろう、なにせオークを相手に、一合も剣を交えることなく倒したのだから。

「ほら、簡単だったろ？」

「うん……でもなんだか納得できない」

「冒険者の矜持ってヤツかなあ。俺は冒険者じゃないからわからん世界だ」

「だってオークよ⁉　中級の冒険者でも一対一じゃ油断すると倒されちゃう相手なのよ⁉」

自分の中の常識と目の前で見せられた現実の狭間で泣きそうな表情のエリスがまくし立てる。

「その辺は認識の違いなんじゃないのか？　冒険者にとってオークってのは正面切って戦う魔物かもしれないけど、俺にとっては食材として狩る獲物でしかない。獲物相手に正々堂々さあ勝負だ！　なんてするつもりはないよ」

それでも納得できずに憮然とするエリスを尻目に、シンはテキパキと作業を進める。

「血抜きは……ここで処理するのはこれが限界か。後は川辺で処置するとして……あらよっと」

シンが腰の鞄に手を突っ込むと、その中から複数の板、車輪、丸棒など、荷車のパーツと思しき部品を次々と取り出した。

その光景にも衝撃を受けるエリスをよそに、テキパキと荷車の組み立てを始めるシン。

「もうなんか……いちいち驚くことにも疲れたわ」

「失礼な。人をまるでビックリ人間のように」

ブチンッ――！　シンは何かが切れる音を聞いた――気がした。

「ように、じゃなくて、ビックリ人間そのものでしょアンタは‼　なによ、オークは簡単に倒すわ、フォレストバイパーを少しも恐れないわ……あげくになにそれ、まさか異空間バッグ？　そんな高価な魔道具、よほどの金持ちでもない限り買えないはずよ‼　シン、一体なんなのよアンタは⁉」

「お、おう……」

「今まで頑張って築いてきたアタシの常識を返してよ……」

「ああ、なんか……その……ごめん」

「……もういいわよ。その代わり色々と説明しなさいよ」

一体何が『その代わり』なのだろうか？

しかし、感情的になった女性を前に理屈など通用しないことは、前世の経験から学習しているシンであった。

「説明といっても……オークやフォレストバイパーに関してはこれ以上説明しようもないし、腰の異空間バッグ？　これに関してはまあ、高価もなにも……自作だから」

「……シン、あなた薬師じゃなかったの？」

「それは、ホラ……薬の調合やらなんやらは、錬金術の知識が必須ですから、ね……そりゃ錬金術もたしなみます、よ……？」

「へえ……ねえシン、話は変わるんだけど」

「はいなんでしょう⁉」

助かったとばかりにエリスの言葉に乗っかるシンだったが……

「異空間バッグって、錬金術で簡単に作れるものなの？　だったら私も一つ欲しいんだけど」

「はっはっは、エリスさん、馬鹿言っちゃいけないよ。異空間バッグなんて激レアアイテム、多少腕に自信のある錬金術師程度が作れるような代物じゃありませんよ？」

異空間バッグ

大量収納を可能にする、小さな鞄の形をした魔道具。
鞄の中に一辺が三メートルからなる正六面体の空間が圧縮されており、そこにアイテムを収めることができる。中の重量は、五〇〇キロを超えるまでは外部に影響を及ぼさない。超過した場合、収納は可能だが、超過した分の重量は軽減されない。
また、異空間バッグの中に入っている限り、衝撃など外からの影響は受けないが、内部でも時間の流れは発生するので経年劣化は起きる。
異空間バッグが破壊された場合、内容物はその場に展開される。
作成には錬金術の秘儀と調達が困難な材料を必要とするため、作ることのできる錬金術師は少なく、市井でおいそれと見かけるような代物ではない。たまにオークションなどで出回るときは、どんなに外見がみすぼらしい中古品でも、大金貨一〇〇枚を下回ってスタートすることはない。

――つまるところ、頭に超が三つくらい付くレアアイテムである。

「へえ、そうなんだ……」

「…………」

「…………」

「………テヘ♪」

ガシッ‼

「あひょ⁉」

シンの肩を強く、それはそれは強く掴むエリスの瞳には、決して逃がさない、そんな強い意志が感じられた。

「ねえ、シン？」

「な、なんでございましょう？」

「私、昨日あなたに助けられた恩をまだ返しきれてないと思うの」

「イエイエイエ、そんなことはございません。オーク狩りを手伝ってもらって大変助かってございますですのことよ？」

お互いの鼻と鼻がくっつきそうな距離、吐息がかかるほどに接近したエリスから注がれる、さながら獲物を前にした肉食獣がごとき視線に、シンの本能が危険を訴える。

散々エリスを振り回した（自覚はない）報いだろうか、シンはある意味窮地に立たされていた。

「ううん、私はほとんど何もやってない。これじゃ恩を返したとは言えないわ」

「いやあ、そんなことはな――」

「あるの」

「ハイっ！」

「だからね……」

「はあ……」

「これからもよろしくね？」

「…………ですよね～」

――腕っ節が強いだけでは、人は強いと言えない。

そして、決して負けられない戦いにおいて、勝負を決めるのは、力や技ではなく強き意志――

「――ねえ、このオークの牙、貰っていいかな？　ギルドに持っていけば報酬が出ると思うの」

「……うん、それがいいと思うよ」

オークを苦もなく狩る男の背中は、敗者のそれであった――

■

ガラゴロガラ……

時刻も夕暮れに差しかかる頃、オークの死体を載せた荷車が冒険者ギルドの前で停まる。

「それじゃあ討伐報酬受け取ってくるから、少し待っててね」

「ああ、うん」

軽やかな足取りで冒険者ギルドの扉を開けるエリスの後姿に、シンは何がそんなに嬉しいのかと呆れ顔になる――討伐報酬が貰えるからに決まってるのだが。

それにしても、とシンは目の前の建物を眺めてポツリと呟く。

「冒険者ギルド、あんまり関わりたくないんだよなあ……」

鬼門――

冒険者ギルドとは？　と聞かれたら、シンはきっとそう答えるだろう。

過去、シンは冒険者ギルドの受付で説明を聞いたことがある。なんでも、冒険者は登録時と定期更新時に己のレベル・スキルなど、全ての情報を開示するという。

それは、ランクアップの認定や身の丈にあった依頼を、ギルドが斡旋するのに必要な手続きでもあるのだと。

それを聞いた瞬間、シンは速攻で逃げた。

ちなみに、鑑定スキルを使えば他人のステータスを覗き見ることはできるのだが、街中で人に対して鑑定をするのは御法度である。だいいち、冒険者ならギルドに問い合わせればわかることを、ペナルティをくらう危険を冒してまでやろうとする人間はまずいない。

シンは栄達を望んでいないし、能力をひけらかして無用なトラブルを引き寄せる気もない。

　ましてや、わざわざ己の手の内を晒すなど、彼にとってはあり得ない行為である。

　そんなシンの切なる思いだが、冒険者登録をしない理由をエリスに聞かれたときに、

「個人情報保護の観点から遠慮させていただきたい」

　と、真面目に答えたものの、こちらの世界の住人には理解されなかった。

　――それに、どんなに慎重な生き方を選んでも、トラブルの種は向こうからやって来る。

「おお⁉　こいつぁなかなかの大物だな、まさかテメェが倒したのか？」

「オイオイ、こんな背丈の足りてねぇガキにオークなんか倒せるハズがねぇ、荷物運びだろ」

「違ぇねぇや、ぎゃははははは！」

　シンはたった今文句をつけてきた二人の前に立ち、精一杯哀れみ――もとい、慈愛に満ちた眼差しを送る。彼らは好きで馬鹿として生まれてきたわけではないのかもしれないのだ。ただ神の大いなる力によって、馬鹿であることを運命づけられているだけで。

「……なんだろうな、このガキにえらく生温かい目で見られてる気がするんだが」

「キノセイデスヨ――それでお二人はどこのどなたで？」

「あぁん、テメェおれたちを知らねぇってのかぁ⁉」

「すみません、冒険者と知り合う機会など滅多にないものでして」

努めて下手に出るシンの態度に気をよくしたのか、二人は胸を張った。

「オレ様はダストン、そしてこっちがザンガ、こないだDランクに昇格した冒険者様よ!!」

「おお、それはスゴい」

ダストンと名乗った男の言葉に、シンは演技ではなく本気の驚きの表情を見せる。

冒険者のランクは魔物のそれと同じく、下は新人のFから上は最上位のAまで設定されている。

ランクの認定基準は実力と実績の二つで判断され、例えばFランクの冒険者が実績を積み、ギルドがそれを認めれば、Eランクに昇格する。

しかし、昇格後さらに実績を重ねたとして、そのままDランクへの昇格が認められるとは限らない。

Dランクに昇格するためには、今度は文字通り『相応の強さ』を求められる。それこそ今、荷車に乗っているオークを単独、ないし二人で討伐しうるほどの強さが。

つまり、Fランク冒険者は実力はそこそこ、Eランクはそれに加えてある程度の実績アリ。D~C、B~Aはそれぞれ熟練者、達人級の強さに分類される。

余談ではあるが、魔物にランク指定外があるように、冒険者にも同様のものが存在する。

一般冒険者の手に負えない魔物が災害指定ならば、対をなす冒険者は英雄指定——軍隊を投入しなければ討伐の叶わぬ魔物を討伐しうる、文字通り超人である。

存在はするが詳細は不明、噂では英雄指定の冒険者たちはみんな帝国のギルド本部に集められているとかいないとか。

この世界における人類の希望というところであろうか。全ての冒険者の目標でもある。

そのような事情から、E並びにCランクは、表記の上では実績持ちだが、上に昇れず燻っているとも見られるため、早く上のランクに上がろうと無茶な依頼の受け方をする者も少なくない。

結果、命を落とす者が多いランクでもある。

だからこそシンは、目の前のザコ臭漂う……もとい思慮の浅そうなモブ二人の意外とも思える実力に素直に感嘆したのだ。

「おう、お前みたいなボウズでも、Dランク冒険者様の凄さがわかるか、そうかそうか！」

「まあ俺らもちょいと虫の居所が悪かったせいもあって無駄に絡んじまった。悪かったなボウズ」

気をよくしたのか、シンの呼び方がガキからボウズへアップ（ダウン？）グレードされた。

なにはともあれ揉め事にならずに済みそうで、シンは安堵する……が。

「お待たせ～、シンが瞬殺したオークの討伐報酬、金貨五枚だったよ。凄いよね、依頼書なし、討伐部位の提出だけで、金貨五枚だよ！」

（天上で俺を見ているであろうティアよ……最悪エルダーでも構わん、今すぐ我を救いたもう）

……祈りは届かなかった。

ついでにこの世界における『お金』の扱いにも言及しておこう。

貨幣は硬貨で流通しており、最小単位の銅貨を前世日本での一〇円相当として、一〇進法で大銅貨が一〇〇円、さらに銀貨、大銀貨、金貨と続き、そして最大の大金貨が一〇〇万円となる。

貴族や大商人の取り引きでは手形を使うこともあるが、一般人や冒険者の関わる世界ではない。

だから、エリスが興奮するオーク討伐報酬の金貨五枚は、約五〇万円というわけである。

さしたる危険もなしにそれだけ稼いだのだから、エリスが浮かれるのも無理からぬこと。

とはいえ空気くらい読んで欲しい――そう心の底から願うシンだった。現に……

「……あ゛、あ？」

「おい嬢ちゃん、今聞き捨てならんことを聞いたぜ、このガキがオークを、瞬殺？」

エリスの言葉にダストンとザンガがくいつく。そしてガキ呼ばわり再び。

シンは即座に行動した。

「ああああああ‼　それはホラ、罠とか偶然とかたまたま縄張り争いに負けてボロボロのオークを見つけたとか、そういう幸運が重なってってヤツですよ。コイツも言ってたでしょ『依頼書なし』って。色々偶然だったんですって‼」

「おっ、おう……」

「……ああ、偶然か、まあそうだよな」

「そうですそうです！　じゃあ俺たちはこれで、ほらエリス行くぞ‼」

「あ、チョット！　腕を引っ張らないでよ。なによいきなり……」

「いいから‼」

一気にまくし立てたシンの勢いに押され戸惑ってる二人をよそに、シンは荷車とエリスを器用に引っ張り、逃げるように立ち去った——

……しばらく歩いた後、掴まれた腕を振り払ったエリスは、シンに向かって文句を言い出す。

「もう、なんなのよ一体⁉」

「それはむしろこっちが言いたい。頼むから揉め事になるような物言いはやめてくれ」

「え？　私なんかヘンなこと言った？」

何が問題なのか、根本的にわかっていないエリスが、シンに問いかけた。

コイツ本当に冒険者か――？　と呆れ顔のシンは、なるべくわかりやすく説明をする。

「あのな、冒険者みたいな『舐められたら終わり！』な生き方してる奴らの前で、オークを瞬殺だとか金貨五枚だとか、彼らのプライドにガンガン突き刺さる単語を連発しただろ」

「それって問題なの？」

「そこからかよ……冒険者は仲良しこよしの団体じゃないの。親しい友人知人やパーティメンバー以外の同業者は、もれなく商売敵なの！」

「……ああ！」

ようやくエリスもシンの言いたいことを理解したようで、胸の前でポンと手を叩く。

それでもいまだ訝しげな表情のシンは再度、エリスに忠告する。

「わかってくれたなら今度からは気をつけてくれよ……まあ俺はこの先、冒険者ギルドの周りをうろつくこともないだろうからいいけど」

「え、なんで？」

……再度シンはこめかみを指で押さえる。

「前にも言ったけど、俺はギルド未加入のモグリで、しかも冒険者ですらないんだよ」

ギルドに入らない理由を、シンは何度もエリスに話したが、見事に理解してくれない。

エリスからすれば、魔物の生息する危険な森におつかい感覚で侵入し、オークやブラッドボアを狩る男が冒険者でないことの方が悪い冗談で、むしろ自分の方が正しい認識だと思っている。

「かたちだけでも登録しておけば、身分証代わりにもなるし、都市間の通行税や滞在許可も安く済むのに……」

通行税および滞在許可――冒険者や交易商人をはじめとした、都市間や国家間を移動することの多い職業に就く人間には、もれなくこの問題がのしかかる。

コンピュータのないこの世界では、戸籍や住人名簿は手書きの台帳管理で行われるが、小さな集落などではそもそも存在しないことも珍しくなかった。なにせこの世界は人が生きていくにはいささか以上に優しくない、戦に魔物に盗賊と、いつもどこかで誰かが理不尽な死を迎えている。

そのため、住人が二万人を超える都市は原則、人の出入りを管理することになっている。

ちなみにこの世界で都市と呼ばれるものはもれなく城郭都市であり、一般的には東西南北、四方に設けられた門と関所によって人の出入りは管理される。当然不審者は街に入ることができないし、運悪く入都市希望者が重なれば、申請だけで日をまたぐこともしばしば。

――そんなときに役に立つのが、ギルドの登録証だ。

冒険者ギルドを含め、各種職業ギルドは国家の垣根を越えた全人類的な互助組織であり、その発行証は国家で管理される戸籍よりも汎用性が高い。

もしも、ある都市の住人が国を越えて別の都市に移動しようとすると、目的地、おおよその移動方法、滞在予定期間、戻ってくるのか、それとも移動先で定住か——それら全てをあらかじめ申請した後、許可が下りなければ、旅に出ることすら許されない。

これがギルド証、こと冒険者ギルドになると、ギルド支部に事前に行き先を連絡してさえおけば、それが正式な申請として受理され、行き先の都市へ事前に通達される。仮に事前に申請していなくても、ギルド証からギルド本部に問い合わせ、身分が確認されれば入都市が認められる。

冒険者は国家に属さない。同じ空気を吸っていても、違う世界の住人なのだ。

また、詳しい予定や日程などを知らせる必要がないのは、冒険者は世の危険と相対する職業で、いつどこで死んでしまうかも、急な依頼やトラブルに巻き込まれるかもわからないため意味がないのだ。

通達のあった都市に来なければ、明確に死亡が確認されない場合、行方不明者としてメンバー情報が凍結される。その後、どこかの都市でギルド証が使われたとき、改めてギルド本部が確認する、という仕組みである。

ちなみに冒険者以外の商人・職人ギルドは、申請自体は都市の住人と変わらないが、許可が下りないということはまずない。ただし、行き先や中継に使われる各都市に予定通りに到着しないと、ギルドから捜索依頼が出される。

はたしてシンはというと、冒険者ギルドはおろか、錬金術ギルド、その他どのギルドにも属していない。付け加えるなら、戸籍も住民登録もない、完全な根なし草だった。

しかし、戸籍のない者は、村落や漁民のような小さな集落で住む人間には割といる。そういった集落は戦火や魔物の被害から逃れてきた人間が定住し、家族を増やすことが受け入れられやすい。というのも、徴税は人の数よりも集落の規模で行われるためだ。

そういった人間が都市に移り住もうとするなら当然、身分を保証するものが必要となり、手に職がある者は職人、または商人ギルドに、それらを持たず一攫千金を夢見る者は冒険者ギルドの門を叩く。

だから、シンのように完全無欠の根なし草というのは極めて珍しい例と言えよう。

もちろん入都市申請には時間がかかるし、払う入都市税も滞在許可費も、他と比べてバカみたいに高い。身元不明者など、野盗と呼び方くらいしか違いがないのだから、当然である。

申請が通り、滞在許可証が発行されると、その間の出入りは簡単な手続きで行えるとはいえ、奇異な存在であることは間違いない。

揉め事を起こしたくない、平穏無事に過ごしたいとは、シンのモットーだが、役人や出入りの際に顔を合わせる門番にとって彼は、それこそ揉め事の種にしか見えていなかった。

「何度も言うけど、個人情報保護の……」

「何言ってるかわかんないし、別に見られたって、シンならむしろ一目置かれるんじゃない？」

「ヤだよ、冒険者に興味をもたれるってことは、トラブルの種を背負い込むようなもんだ。そのせいで絡まれることだってあるかもしれない」

「返り討ちにしてやればいいじゃない、こんな風に？」

　と、哀れなオークの死体を指差すエリスの表情は、心の底から不思議そうであった。

「やめてくれよ物騒な……揉め事をはねのけて地位と名声を手に入れようとするのが冒険者なら、揉め事をなるべく避けて平穏な日々に感謝するのが一般人。あいにく俺は後者なの」

「変わってるのね」

「どうも……」

　ガラゴロガラ──……

　会話が途切れ、無言で歩く二人の背後から、ガラガラと石畳の上を転がる車輪の音がついてくる。

　ふいにエリスが声をかけてきた。

「ところで、どこに向かって歩いてるの？」

「もうすぐだよ、ほらあそこ」

シンの指す方向には食べ物の屋台が並んでおり、そこでシンに向かって大きく手を振るいかついオッサンがいる。無駄にイイ笑顔なのが印象的なおっちゃんだった。

「おう、早かったな、シン。で、どうだった？」

「ああ、ほれ」

荷車にかかったシーツを剥ぐと、オークの巨体が姿を見せる。

「ほお！　なかなかの大物じゃねえか、よしよし、これなら全員にいきわたるな」

「とりあえず労いの一つもかけろよ、おっちゃん。てか全員ってなんだ？」

「ああ、なんつーか、話を聞いていた周りの連中から『お前だけずるい！』って詰められてよ。結局みんなで平等にってことで……な」

荷車に群がる、おっちゃんとは違う屋台の連中が、全員笑顔で頭を下げてくる。

態度は殊勝だが、そろいもそろって表情が『あざーっす！』と非常に軽い。

「はあ……別にいいけど、肉屋に目をつけられないようにほどほどにしとけよ？」

「大丈夫だよ。俺らが屋台で使うのは安い部位ばかりだからな。値の張る高級部位は肉屋の元締めに格安でってことで、話はついてるさ」

シンのあずかり知らぬところで、話は遥か先まで進んでいたらしい……

「毎度ちゃっかりしてるな。それにしても、周りの屋台もってことは……」

シンは一つの屋台に目を向ける。

それは言うなれば、凄くラーメン的な屋台だった……しかも豚骨の。

「おう、骨まで残さず使い切ってやるぜ。オークは大物ほど、肉も骨から出るダシも上等だからな。明日の晩からこの辺は客であふれかえるぜ、ガッハッハ‼」

クセはあるものの、慣れればそれがたまらなくなる豚骨ラーメン。シンもその一人である。

一〇〇〇年前の勇者、それともエルダーの仕業か、ラーメン程度の日本食は、この世界ですでに市民権を獲得していた。

よほどマニアックでなければ似たようなものはどこかにあり、それこそカレーライスすら存在していた。

衛生面の問題か、寿司や刺身がなかったことには納得するも、なぜか天ぷらが存在しない現実にシンが暴走しかけ、すんでのところで踏みとどまったのは昔の話である。

ともあれ、骨を取っておき野営中に豚骨スープで温まろうというシンの目論見は潰えたようで、若干その背中は寂しげだった。

「未来はおっちゃんの頭並みに明るそうだな……まあ、一体まるまるで金貨四枚ってとこか？」

「高ぇよシン、細々と屋台を営む貧乏人にちったあ優しくしろ、金貨二枚！」

「ほお、一週間前に色街の、それも貧乏人には到底手の届かないチョットお高めの店の前で、見慣れた光り輝く頭頂部を見たのは気のせいか？　肩を組んで一緒にいた男どもに見覚えはなかったが、周りを見ると該当しそうなのが何人かいるぞ？　金貨三枚と大銀貨七枚」

シンが目を向けると慌てて視線を逸らす者、とても自然に視線を逸らす者——全員だった。

「オイオイ、そこは黙っているのが優しさってもんだろうがよ。今のはこの辺の屋台衆を敵にまわしかねん問題発言だぞ、金貨二枚と大銀貨五枚」

「ともすれば命がけのオークやブラッドボア狩り。その成果を格安で譲る俺に対する優しさも加味するべきだと思うけどな、金貨三枚と大銀貨五枚」

「くそっ……大体俺を見かけたってことはシン、お前もあそこにいたってことだろうが⁉　言い逃れはできねえぞ、金貨二枚と大銀貨八枚！」

「——チッ、つまんねえことに気付きやがって……金貨三枚と大銀貨二枚、これが限度だ」

「よっしゃ、それで買った‼」

取り引き成立で、周りの屋台から拍手と歓声が起こる。それはそうだろう、値段交渉はしているが、そもそもはじめに提示した金貨四枚でも、問屋で仕入れるより安い上に、肉は上物なのだから。

しかも一体まとめての価格だ。それに、高級部位はおっちゃん経由で食品ギルドのお上に格安で売られ、そちらの利益は屋台衆でわけることになる。

三〇〇キロを超えるオークから、一部の高級部位を除いたほぼ丸々を捨て値に近い金額で手に入れたのだから、拍手も歓声も当然と言えよう。

シンとてたった二日の働き、しかも本人は大して働きもせずに金貨三枚超の儲けなので、文句はない。決して、あまりがめつくすると嫌われそうだ、などと小市民的な考えはない……はずだ。

「血抜きは済ませてるから、残りの解体作業はそっちで頼むな。ああ、さすがに魔石はこっちによこせよ？」

「わかってるよ、毎度あり……時にシンよ」

「ん？」

「俺は目がおかしくなったのか？　どうもお前の横にキレイな娘さんの姿が見えるんだ。あいにく今日はまだ飲んでないはずなんだがな？」

そう言っておっちゃんが指差す位置、つまりシンの隣には――

「……ああ、見間違いじゃないよ。いや、俺もぜひ見間違いであって欲しいんだけどもさ」

「くだらん戯言は放っといて、オジサンに詳しく話してみろや。微に入り細を穿つように仔細漏らさず、さあさあ！」

シンの切実な願いは華麗にスルーされ、おっちゃんは終始ニヤニヤと笑みを浮かべる。

――イヤ、目の奥はかけらも笑っていない。むしろ憎悪にも似た炎が見える。

「はあ……わかったよ」

シンはおっちゃんに、エリスとの顛末を語り出した。

シンが話し終えると、案の定――

「か～、ケッ！　オークどころか美女まで狩ってくるとはさすが『持ってる』男は違うねえ！」

「シン、聞いた？　私のこと、美女だって？」

美女発言に素直に喜ぶエリスだが、おっちゃんは自分の設定した基準値以上のオッパイの持ち主であれば、無条件に美女認定をするオッパイソムリエだった。むろん、客観的に見てエリスが美人なのも確かだが。

ちなみにおっちゃんは、シンと二人でオッパイ談義に花を咲かせていたときに、世間的には見目麗しい種族のエルフに対して『乳なしのブサイクしかいない残念な種族だ』と口走ったことがある。

おっちゃんは筋金入りだった。

「なんでスねるんだよ。そもそも『北の森』へ行ってみろって言ったのはおっちゃんだろ？」

「あーそーですねー。俺はおめがねにかなう獲物がいるかも？　ってつもりで言ったんだけどなー。まさか『シンの』おめがねにかなう『獲物』がこう来るとはねえ！　フン‼」

「イヤ、おめがねがどうとか以前に、付き纏われて困ってるんだが……」

「かーっ、モテる男は言うことが違いますなあ！　一生に一度でいいから俺もそんな台詞吐きたいもんですわ‼」

シンはちょうはつした、こうかはバツグンだ――そしてシンは泣きたくなった。

そんなシンの左肩にポン――と優しく手が添えられる。

「あら、付き纏ってるなんて言い方はひどいわね。助けてもらった恩を返そうと一生懸命な『美女』に向かって」

（どこにも味方がいねえ！）

残念なことに、この世界にはストーカーとか粘着とかクレクレとか、ともかくそういった概念は存在しなかった。

ひとしきり愚痴をこぼしたおっちゃんは、機嫌が直ったのか今度は楽しそうな笑みを浮かべ、

「それにしてもシン、お前コッチも結構な腕前だったんだな？」

と言って、両手で剣を振り下ろす動作を繰り返す。バッサバッサと音が聞こえてきそうだ。

「……なに勘違いしてんだおっちゃん、薬師がなんで剣を振り回して悪党退治なんかするんだよ？」

「え？　でもそれじゃあ……」

シンの物言いに怪訝(けげん)な表情を浮かべるおっちゃんだったが、今度は両手を広げた。

「そこらじゅうに薬を撒(ま)き散らしながら『フハハハハ‼』とかやってたのか？　よくこんなのとパーティを組もうと思ったもんだな、嬢ちゃん？」

「……いったい薬師にどんなイメージを持ってるんだよ、おっちゃん」

「フラッと森の中に入って、オークやブラッドボアとか適当に狩ってくるイメージ？」

世の薬師全員から怒られかねない、とんでもない暴言(ぼうげん)である。

「それはまともな薬師の姿じゃないだろ……」

「ああ、俺もそう思うわ」

「………………」

「………………」

どうやら怒られるのはシンの方だったかもしれない。

シンは話題を変えた。

「そ、それよりも、なんだよパーティって？　俺そんなの一言も言ってないぞ、なあエリス？」

エリスに会話を振ると、彼女はさも当然という風に返す。

「恩を返すまで一緒にいるって言ったでしょ？　だったらパーティを組むのが一番じゃない」

（あなたの目的は、俺が異空間バッグを自作できることとか、その他もろもろ隠してそうなことですよね、確実に！）

シンの訴えるようなジト目を受けながら、エリスはまるで気付いていないように続ける。

「それにシンは、ギルドに入るのはイヤなんでしょ？　だったら私がパーティの代表ということで依頼を受ける形にしておけば、今まで只働きだった魔物の討伐報酬も貰えるし、他にもシンにぴったりな依頼なんかも受けることができるわ」

「嬢ちゃん頭いいな。誰も困らない完璧なアイデアだ、さすが美女は考えることもいかすぜ！」

「ヤダぁ、それほどでもぉ」

おっちゃんのヨイショにエリスは照れながら、まんざらでもないと身体をくねらせる。

既に周りの空気が『ギルドに関わるのは気分的にイヤ』などという、シンの感情論がまかり通るようなものではなくなっており、結果――シンは折れた、色々と。

「へえへえ、わかりましたよ……」

「素直じゃねえなあ、本音は嬉しいくせに」

「ホントに、こんなキレイなお姉さんとパーティ組めるんだから、もう少し喜んでくれてもいいのに」

なにか喋れば倍になって返ってくるのがわかっているシンは、仏頂面になった。

「……それじゃとりあえず一旦お別れな。どうせ明日は依頼を受けるつもりないだろ？」

日を置かずに毎日依頼を受ける冒険者はまずいない。命の危険と引き換えに報酬を得る仕事だからこそ、体調管理は万全が求められる。

少なくとも、依頼達成のために費やした時間以上の休息を取ってから次の仕事を探す。それが普通の、そしてまともな冒険者の姿だ。

「そうねえ……ギルドの依頼掲示板は毎日見ておくけど、数日は休みを取りたいわね。非常識な誰かさんのおかげで疲れたから。連絡を取るにはどうすればいい？」

「そいつは申し訳ございませんでしたね……街にいるときは『星詠み亭』に泊まってる。午前中は商店街、昼飯はここの屋台で食べてるから、適当に見つけてくれ。郊外に出るときはおっちゃんに伝えておくんで、伝言でもなんでも頼んどいてくれよ」

片手を挙げたシンは、それだけ言うとその場を後にしようとするが、二人に呼び止められる。

「ちょ、ちょっとシン！　『星詠み亭』って、この辺じゃ一、二を争う高級宿じゃない。そんなところを常宿にしてるの、あなた⁉」

「おいシン、俺を伝言板代わりに使うんじゃねえよ」

もう何度見たかわからない、エリスの驚く表情。それを見たシンは、ああなるほど、確かに美人は驚いていても美人なんだなと、一人納得する。

「仕方がないんだよ。薬を調合しても怒られないところがそこくらいしかなかったんだ。安い宿じゃ臭いが外に漏れるかもしれないし、なにより誰かに覗かれたら困るんでね」

おかげでシンの懐は回復薬の人気ほどには潤っていない、屋台に入り浸るのも当然と言えた。

「金も払わずに美女とお話できる機会を作ってやった俺に充分感謝しろよ、おっちゃん」

「ちっ、蒸し返すんじゃねえよ。頼まれてやるから、いつもよりたくさん買えよ」

「ああ、当分肉の質が上がるからな、ここの屋台は」

離れるシン——しかし。

ガシッと、エリスに肩を掴まれた。

「ねえシン、もう一つだけ聞きたいことがあるんだけど」

「ん……？　まだなにか話すことあったっけ？」

「……ええそうね、お金を払って美女とお話するお店のこととか、色街のお店の前にいた屋台のおじさんを、どうやってシンが見かけることができたのか、色々と」

　おっちゃんへの追い討ちのつもりが、とんでもない地雷を自分で踏んでいた。

　エリスに引きずられていくシンの姿を眺めながら――

「若いねぇ……」

　屋台のおっちゃんの呟きが漏れる――が、困ったような笑い顔の瞳の奥だけは、笑っていなかった。


　それから数日後――

「シン、ブラッドボアってそんなに簡単に狩れるの？」

「ムグムグ……ングッ。唐突にどうしたんだよ、エリス？　簡単だけど」

　昼食代わりにおっちゃんの焼いた串肉を頬張るシンに向かって、エリスが声をかける。

「……なあ、シンよ。しょっちゅう頼んでる俺が言うのもなんだが、ブラッドボアは簡単に狩れるようなもんじゃねえと思うんだが？」

　呆れ口調のおっちゃんが、エリスの心情を代弁するように口を挟む。

「そう言われてもねえ……」

　シンはどう説明していいのかわからず、困惑した表情を浮かべる。

「じゃあ逆に、普通の冒険者はどうやって倒してるんだ？」

質問に質問で返すのはいかがなものかと思わないでもないが、どう説明していいかわからないシンはそうやって糸口を探す。

「そうね……まずは弓矢か魔法でけん制、突進してきたらタイミングを測って盾で受け流しながら足を重点的に斬りつけ、細かい出血を誘いつつ持久戦に持ち込むのが、セオリーかしら」

皮も肉も素材として取り引きされるため、仕留める際にはできるだけ傷を残したくない、そんな考えから生まれた効率のよい作戦と言える。

「なるほど、上手い戦法だな。実に理にかなってる」

「そうでしょう。壁役の人間が大変だけどね」

「ただ、そのやり方だと血が流れすぎて回収できないから、俺としては使いたくない戦法だな」

シンは、眉を顰める。

「ん？　ブラッドボアの血なんか何に使うんだ？」

「ああ……まあいいか。短時間だけど筋力を上昇させる薬ってあるだろ？　普通はオーガ種やトロール系の血液が材料に使われるんだが、精製すればブラッドボアの血でも代用できるのさ」

「ちょっと、そんな話、初めて聞いたわよ⁉」

「いや、錬金術師でもないエリスが知ってたら、そっちの方が驚きだぞ、俺は」

微妙にかみ合っていないやりとりをする二人に、おっちゃんが再度助け舟を出す。

「普通は、討伐依頼や素材の採集依頼とか、急ぎの依頼書だったりすると、なんのために必要か、詳しく書き込まれたりすることがあるんだよ。だから討伐依頼を受けることで、これがなんの材料に使われるのか、いつの間にか勉強してることもあるのさ」

この世界ならではの『門前の小僧、習わぬ経を読む』であった。

「そんでもって、ブラッドボアの血を買い取りますなんて依頼、見たこともないって言いたいんだろ、嬢ちゃんは」

「そう、それよ！　私が言いたかったのは。さすがオジサン♪」

我が意を得たりと喜ぶエリス。常識外れのシンのおかげで、ここ数日で急速に仲が良くなる二人だった。

「そういうことなら錬金術ギルドの連中も知らないいんじゃないのか？　俺はギルドに入ってないから、連中の持ってるレシピなんか知らないし」

「……ちなみに教えてあげる気は？」

「独学の俺が大して苦労もせずに見つけた方法に、ギルド所属の錬金術師が雁首そろえてなにやってんだって気分だ」

なまじ既存のレシピが存在するがゆえに、違う材料を用いた製法や、全く新しい秘薬の開発に挑む者が育たないのだろう。

シンの薬師、いや錬金術師としての能力は、手探りの環境で培われたものと言ってよかった。

とはいえ、全てが手探りだったわけではない。その辺は転生者として神から授かった力のおかげでもある。

「話が逸れたかな。俺のやり方は、まあオークのときと同じで、まともに戦わない、ただのでかいイノシシとして狩る——それだけだな」

「具体的には？」

「まず罠を張っておびき寄せる。次に特製の薬を使う。止めを刺して死体を回収。終わり」

実に簡潔な説明だった。

「話を聞くだけだと簡単そうに聞こえるんだけど……そうね、実際にすごく簡単なんでしょうね。シンのことだから」

何かを諦めたような表情のエリスだったが、それを見たシンは少しだけ真剣な表情になった。

「俺のやり方だって慣れてないと危険なことには変わりないよ。特に、これはどうしようもないことなんだけど、凄く運が悪ければ大変、かな」

「運、なの？」

「近くに木とか上に退避する場所があれば、安心安全」

　察しのついたエリスは、フウと大きくため息をつく。

「シンの非常識はともかく、嬢ちゃん、ブラッドボアの討伐依頼でも受けてきたのか？」

　おっちゃんは串を差し出しながら、いまだ肝心なことを話し出さないエリスに質問する。

「ああうん、ブラッドボアの討伐じゃないの……まだ依頼を受けてないんだけど、シンならもしかしたらって思って……」

　なんとも歯切れの悪いエリスの言葉に、これは相当面倒な依頼だとシンは眉を顰める。

　やがて意を決した彼女の口から出た言葉は――

「掲示板に張ってあったのは、ギガントボアの毛皮の調達依頼、だったのよね……」

「おいおい……」

「ああ、あのデカブツか。あんまり美味くないから狩っても仕方がないんだよな、あれ」

「「…………………」」

　斜め上の回答に、エリスとおっちゃんは言葉もなかった。

ギガントボア：ブラッドボアの変異種でCランクモンスター

体高一五〇センチのブラッドボアに対して、ギガントボアはおよそ二倍、三メートルの巨体を誇る。

その巨体ゆえブラッドボアの特徴である俊敏さ、軽快さはないものの、速力までは失われておらず、突進による破壊力は数倍に及ぶ。突進を受ければ石組みの城郭などひとたまりもないであろうが、森と付近の草原より外に出ることがないため、実際の被害報告はない。

太い獣毛と分厚い皮に護られているため、胴体に対して打撃武器はほぼ通用しない。有効な攻撃手段は斧や重量武器による斬撃、刺突、魔法攻撃である。

牙や毛皮は貴重品として高値で取り引きされる。肉質はよくないので食用にはあまり向かない――

「とにかく固くて筋張ってるばかりでさあ。煮込んでもさっぱり柔らかくならなくて、あれを美味しく食べようと思ったら、凄腕の料理人に任せるしかないな」

「食べたことあるんだ、そうなんだ……」

「そうだなシン、お前はそういう奴だよ……」

三人は揃って顔をしかめると、天を見上げてそれぞれ思いにふけった。

やがて――

「ねえシン？　改めて聞くんだけど、ギガントボアをどうやって倒したの？」

「基本はブラッドボアと一緒かな。違いといえば、ギガントボアの場合はどんな大木だろうがなぎ倒すから、木に登っても逃げ道に使えないことと、罠にはめるためにとにかく上手に逃げることかな」

「それで本当に倒せるの？」

「罠にはめた後はそう難しくない。小回りが利く分、ブラッドボアの方が難しいくらいだよ」

その言葉を聞いたエリスは覚悟を決めたようで、シンの正面に回り、両手をガッシと掴む。

「お願い、この依頼、どうしても受けたいの！」

「どうしても……なんか特別な理由でもあるのか？」

「報酬が、とにかく、凄いのよ‼」

「…………へ？」

エリスの話によると、この依頼は討伐ではなく、毛皮が目的の素材採取依頼なのだそうだ。

単純に討伐なら、D・Cランク冒険者がパーティを組めばよい。しかし、今回依頼内容はなるべく傷つけず、キレイな状態の毛皮をご所望らしい。

おかげで難易度が跳ね上がってしまい、依頼を受ける者が誰もおらず、現在塩漬け状態なのだという。

「おかげで依頼料金が上がって凄いことになってるの、金貨一〇〇枚よ、一〇〇枚！　しかも状態によっては一五〇枚まで上がる可能性もあるんですって‼」

「うわあ、スゴイね……」

果たして凄いのは報酬の金額か、それともエリスの意気込みか。

「ねえ、シンはギガントボアをなるべく傷つけずに倒すこと、できるんでしょう？」

「あ、ああ……できる、よ……」

今のエリスを前にできないなどと言えるはずもない。いや、実際シンには可能だった。

「やったわ！　これで大金は手に入れたも同然ね、待ってて、急いで依頼を受けてくるわ‼」

冒険者ギルドに向かうエリスの足取りは軽く、報酬を手にした後のことを考えているのか、緩みきった口元からはキラリと光るモノが見える。

「…………」

即物的欲求に目を輝かせるエリスの姿を見ないように顔を背ける二人。現実を直視し、そこから男を磨いてモテ期を迎えるのは、だいぶ先のことになりそうである。

「……それにしても金貨一〇〇枚とか、どこのお大尽の依頼だと思う、シンよ？」

「さあね、興味な――」

「王家からの依頼だよ。見事依頼を果たせば、王都に呼ばれてお褒めの言葉を賜るかもね」

「王家!? エリス、ちょ、ま――」

慌てて振り返ったシンの前に、すでにエリスの姿はなく、遥か視線の先に全速力でギルドに走っていく小さな人影が……

(それ絶対フラグだから! 立てたらダメなヤツだから!)

シンの叫びが口をつくことはなく、串肉のジュウジュウと焼ける音だけが響く。

スッ――

「……まあ、食え」

「…………………」

差し出された串焼きは、肉の質が上がっているはずなのに、味がしなかったそうで……

そして数日後――

ギーッ……ギーッ…………

――カンカンカンカン。

シュゴッ、シュゴッ……

「…………なんか、ゴメンね……」

目の前の光景に呆れ顔のシンに、エリスがなぜか謝る。

原因は、二人が並んで眺める先の作業風景。なんでも、ギガントボアを討伐したときに運搬するための荷車を目下製作中とのことで。

「——そこからかよ！」

「私もこんなの聞いてなかったんだからしょうがないでしょ！」

さすが塩漬け依頼。ギルドも王家から依頼を受けた際、こんなの受ける奴はいないだろうと、なんの準備もしていなかったのだ。

だから、依頼を受ける奇矯な奴が現れた、どうする？　とりあえず細かい打ち合わせを——の段階で、多数問題があがってきた。

——討伐したとしてどう運ぶのか？

——ギガントボアの巨体をどこで解体するのか？

——できるだけ傷が少ないようにとのことだが、どこまでなら許されるのか？

——毛皮を所望とのことだが、残りはどう処分するつもりなのか？（主に大量に残るであろう、食肉としての需要の低い肉）

——毛皮の剥ぎとりは、通常のギルドでの解体処理で問題ないのか？

何も決まっていなかった……

とりあえず、ギガントボアの巨体（推定一トン以上）を運べる特製の荷車の作成、街まで持ち帰るための荷物持ちの手配をし、毛皮の詳細については王都に早馬を出して確認中らしい。

全ての準備が整うまで数日かかると踏んだシンは雑務をこなすために郊外に出たかった。だが、『細かい打ち合わせなんてできない！』というエリスの冒険者らしからぬ訴えのせいで、王都から派遣された担当者と話し合いをさせられるなど、面倒事に追われていた。


――そして依頼を受けてから一週間。


「やれやれ、やっと森に入れる……」

打ち合わせ自体は四日で済んだため、シンとしてはそのまま森へ入りたかったのだが、全ての準備が整うまではどうしても待ってくれと言われ、結局この日まで延びてしまった。

そしてようやく出発というとき、ポーターと荷車はギガントボア討伐後に現地に送るとのことで、通信用の魔法道具を貸与される。

つまり荷車とポーターは街で待機だ。ならばなんのために今まで待たされたのかと煩悶し、お役所仕事に怨嗟の声を上げるシンであった。

「それで、ギガントボアの出没地域とかはわかってるのか？」

「森の西側、奥に入ったところにある泉の付近で何度か目撃されてるそうよ」

複数の冒険者パーティから目撃報告があがっているが、依頼内容に沿った討伐など到底できない上、討伐報酬のみではリスクとの釣り合いが取れないので、誰も手を出さなかったらしい。

シンたちはほどなく目的地の泉に到着する。

おおよそ南北に八〇メートル、東西に三〇メートルといったところか。森の中にぽっかりと空いた平原の中に存在するようなのどかなものではなく、密林をかきわけて入ったその先にいきなり出現する――といった感じの泉だ。

徐々に周辺の地面を浸食していったのか、泉の両脇に生えた木々が水辺に覆いかぶさるように傾き、まるで謁見の間で儀仗兵が掲げる斧槍のようでもある。

「シン、あそこ！」

人の立ち入りを拒むような泉であったが、南北に広がる泉の中間あたりに二ヶ所ほど、水場へと降りられる場所をエリスが見つけた。

獣たちが水飲み場として利用しているであろうその空間は、幅が三メートル、反対側も同様の大きさだ。おそらくギガントボアがここを何度も渡り、地面が踏み固められて、今のこのようになったと推測される。

「エリス、ギガントボアがどのくらい前にここを通ったかわかるか？」

「そうね……この笑っちゃうくらい大きくて重そうなのがギガントボアの足跡だとすると、輪郭の崩れ方からして昨日今日じゃないわね。こっちの木に引っかかってた毛も水分が抜け切ってるとこから、三～四日前ってとこかしら？」

シンの非常識さのせいで、出会ってから全くと言っていいほど活躍の場がなかった、レンジャーであるエリスの面目躍如だった。

「……ギガントボアの生態まではわからないが、習慣付いてる移動経路の一つではあるか」

「それじゃあここに罠を？」

「イヤ、ここで罠とか駆使して倒しても、毛皮がズタボロになる可能性があるし、なにより運び出せない。なので、森の外までおびき寄せる」

周囲は木々が生い茂る中、通常サイズの荷車ですら身動きが取れそうにない。

「おびき寄せるって、なにかいい方法があるの？　エサで釣るとか？」

「ああ、エサならここに活きのいいのが二つほど、な」

「…………………」

「…………………」

――ゴスッ！

エリスは無言でシンを殴った。

「ぐおっ！　……と、とりあえず、仕留めるのに最適な場所と逃走経路の確保、ギガントボアの活動サイクルの確認、作戦開始は全ての準備が整ってからな」

「森の中で何日過ごすことになるのかしらね……」

そうぼやくエリスに、

「金貨一〇〇枚の大仕事が一日二日で済んだら、世の中金持ちしかいないよ……」

と、珍しく、至極真っ当な台詞を吐くシンだった。

■

……パチ……パチン！

静寂の中、焚き火にくべられた薪の爆ぜる音だけが周囲に響く。

……スゥ……スゥ……

「デジャヴか……？」

以前もこんなシチュエーションに遭遇したことがあるなと、シンは感慨にふける。

森から抜け出た平原の一角で、全ての準備を終えた二人は野営をしていた。

見張りの順序は、早番がエリスでシンは遅番、毎回この順番である。

最初の頃はエリスが『夜更かしはお肌に悪い』などと妄言を吐いていたものの、シンの

『朝日が差し込む早朝と目の前の視界もままならない暗闇の中、恋人でもない男に起こしてもらいたいのはどっちだ？』との説得（？）で順番は固定された。

ちなみに今日だけはエリスが疲労困憊のため、シンが夜通しの番をすることになっている。

原因はエリスの、

『シンといると、レベルもスキルも上がらない！』

との訴えのせいである。

――エルダーが面白半分（ここ重要）に創ったこの世界、ここで生きる者たちは肉体の強さを示すレベルが存在する。そして、本人の生き方によって様々なスキルを手に入れることができる。

剣士など近接戦闘が主体の者ならそれぞれ使用する得物のスキル、魔術師なら各分野の魔術スキル、そして商人や職人ならそれに合った技能のスキルなどなど……

そしてそれは転生者――シンも同様だった。

肉体のレベル――主に基本レベルと呼ばれるものは、戦闘を重ねることや修練などで肉体を酷使し、充分な経験を積んだと『この世界』に判断されると、レベルアップする。

ちなみに大工や鍛冶師といった、生産職に従事する者や商人であっても、充分に肉体を酷使したと判断されれば、同様にレベルは上がる。名工とまで呼ばれる鍛冶職人が一晩中鎚を振れないなど、笑い話にもならない。

それは各種スキルもそうであり、スキルのレベルもそれに携わることで経験を蓄積する。

ただし、このレベルアップはあくまで肉体を、そしてスキルを使わなければならず、今までシンがしていたように、作戦を駆使して楽に倒していても、肉体やスキルの強化には繋がらないのである。もっともあの場合、狩猟のスキルなら上がりそうだが。

間違えてはならないのは、レベルが上がったから強くなるのではない、強くなったからそのレベルとして表示されているのだ。

現状を危惧していたエリスは『作戦決行まで空いた時間でレベルアップがしたい』と言ってきた。

――その結果が、スヤスヤと横で満足そうに寝る物体のでき上がりである。

シンも彼女の気持ちはわからなくもない。先日はオークを、そして今回はギガントボア、それも特殊な条件付きでの討伐を果たしたとあれば、ギルドでのエリスの評価も相当上がるだろう。なのに冒険者としての実力は以前と変わっていないのだから焦りもする。

ちなみにエリスはEランク冒険者、彼女くらいの年齢（十八とのこと）ならそんなものらしい。

実績と実力、ともに兼ね備えた冒険者が二〇代前半のうちに到達するのがDランクであり、さらに活躍することにより三〇手前でB・Aランクに上がれば成功者だと、エリスはシンに教えた。

「まあ、俺には関係のない話だがな……」

シンは雑念を取り払い、目の前の自分の仕事に集中する。

シンはシンで、見張りそっちのけで自分の本業――すなわち薬の調合に取り組んでいた。

■

シンがこの世界に転生する前のこと――

「さて、キミに与える加護についてだけど、どうしたい？」

ということで、転生する俺のために神様が『加護』をくれるらしい。

加護、つまり世間様で言うところのチート能力か。色々ありがたい話なのだが、不安がないわけでもない。

「――センセーしつもん」

「はい、藤堂クン♪」

「一〇〇〇年前のはっちゃけ勇者はありあまる加護のおかげで暴走したんだろ？　そうならないようにする防止策は具体的にどうなってるんだ？」

調子に乗って神様の逆鱗に触れる、なんてゴメンだ。

「その辺はまだ決めてないんだよね、とにかく請われるままに加護を与えるのはマズイってのはわかってるんだけど。だから逆に現場の声が聞きたいな。どうしたらいいと思う?」

「そこからの話かよ……でもいいのか? 俺の意見ばかり聞いていると、前回の二の舞だぞ?」

「こんなことを気にするキミにそんな心配はないと判断するよ、信頼してると思ってくれていいよ」

「そりゃ光栄なことで……」

小市民たるこの身には、神からの期待という名のプレッシャーがとんでもなく重く圧しかかる。なにせ、後に続く『本番』に備え、転生者の個人の性格なども考慮して、恩恵と制限のバランスが取れるガイドラインを考えないといけない。

とりあえず三人(?)で議論を重ねた結果――

・生前の記憶を残したまま異世界に転生するパターン。

――貰える加護は二つで、レベル及びスキル成長速度は常人の一・五倍。

・一〇歳の誕生日を迎えると前世の記憶が復活するパターン。

――貰える加護は三つで、レベル及びスキル成長速度は、記憶復活後に常人の三倍。

以下は共通。

加護としてもらった戦闘スキルは、使用武器や各属性の魔法適性が、限界突破のレベルEXまで上昇可能。

ただし、直接戦闘系の加護を授かった者は魔法系スキルが、魔法の加護を授かった者は、直接戦闘系のスキルが、それぞれ上限が全てレベル七までに制限される。

補足として、仮に片手剣と炎属性魔法といったように、武器と魔法、両方の加護を授かった場合は、その二つ以外の物理・魔法系のスキルの上限がレベル七までに制限される。

直接戦闘以外のスキル（水泳などの運動系や料理・鍛冶などの生産系）の加護は、他のスキルに対して制限を与えないし、受けない。

特異体質や特殊能力と認められる能力は、申告があった際にそれぞれ条件や制限を設け、過度な恩恵にならないよう調整する。

転生先の種族は本体が人型であれば好きに選択できる（頑張れば人化できるからドラゴンで、とかは不可）。

上記の全てを納得した上で転生する、転生先での不具合については自己責任で。

――このようなルールに決定した。

そして俺は『生前の記憶を残したまま転生するパターン』を選び、どうせ戦場で無双するつもりはないので、加護は少しばかり変化球な能力を貰うことに。それなのに……

「ねえ、本当にこんなのでいいの？　勇樹限定でもう五、六個くらい加護つけたり、不死属性でもつけといたほうがよくない？」

自重しろよ神様、前回の失敗はまんまソレが原因だろうが……

「ここで特例を認めたら『お試し』の意味がないだろ、もし異世界での生活に困ってるようなら、本番組の連中には加護を増やしてやればいい、そのための俺だろ？」

「まあそうなんだけどねえ、あんまり早くゲームオーバーになってもらっても困るっていうか」

お前の創った世界はどんだけハードモードに設定してあるんだよ……？

「そんときは『おお勇樹よ、死んでしまうとはなさけない』って蘇生してくれるなり、姿かたちを別人に変えてコンティニューでもさせてくれ」

そちらの方が大量の加護や不死属性なんかより世界への影響は少なそうだ。

「――それでは、準備と覚悟はよろしいですか？」

オレたちのやり取りを見守っていたティアが声をかけてくる。そうか、そろそろか……

「ああ、少しだけ待ってくれるか？」

俺はそう言って、エルダーの姿を上から下まで眺め、そしてティアの方へ向き直し、彼女もしげしげと眺める。

「…………？」

首を傾げるティア、そんな女神様に向かって俺は冗談めかして――

「なあに、こんなとびきりの美女の姿がこれで見納めになるってんだから、しっかり目に焼きつけとこうと思ってね」

「なっっっっ‼」

俺の言葉に顔を真っ赤にしたティアは、さっきのように吹っ飛ば――さなかった。

一瞬だけ怒ったようにまなじりを吊り上げたティアだったが、次の瞬間ハッとした表情を浮かべると、続けて優しい笑顔を俺に向けた。

「大丈夫、あなたのことは私が見守っていますから、心配しないでください」

「…………」

「不安でしたらホラ、こうして手を握っていてあげますから」

どうやら頭の中を覗くまでもないようで、女神様には俺の不安な気持ちなどお見通しらしい。

転生――つまりこれから一度死ぬわけだ。

いくらその後の保証がされているとはいえ、不安にならないわけが、怖くないわけがない。

そんな俺の無意識に震えていた手、それに優しく重ねられたティアのほっそりとした手は、小さくも温かく俺の手を包み込み、今はもう思い出の中にしかない大切なものを思い出させる。

こんな風に誰かの温もりを感じるのはいつ以来だろう——

いかんいかん！　こんなのでも男の端くれ、いつまでもウジウジしているわけにはいかない。

そう——決して、ニヤニヤ笑うエルダーの顔を視界の端に捉えたからではない。

「……そんじゃま、チョットばかし転生してくるよ。ああそうだ、首尾よくお務めを果たしたら、死後にまたここに戻ってこられたりするのか？」

「……ああモチロン。そのときはキミの歩んだ人生を肴にたっぷり語り合おうじゃないか」

……モチベーションの下がること言うんじゃねえよ。そしてなんだ、さっきの間は一体？

「——勇樹さん、これを」

ティアが差し出したのは、見る角度により七色に光り輝く小さなクリスタルだ。

「これを持っていれば、地上から私たちと思念を通わせることが可能です。何かあったときは、いえ、何もなくてもいいから定期的に連絡をくださいね」

………………よし、とりあえず穴でも掘って隠れてしまおうか……

そしてティアさんや、そういうことはもう少し早めに……そこ、笑うなエルダー！

「……わかった。失くさないように気をつける」

「大丈夫だよ、勇樹の手元から離れないように呪っておくから！」

「呪うなよ！　そこは祝福をよこせよ、クソ最高神‼」

「ハッハッハ、断る♪」

爽やかな笑顔でひどいことを言ってのける神様だった。

クソッ、最後の最後まで人をからかいやがって。そうとも、エルダーの奴はああやってふざけてるだけだ。決して俺の不安な気持ちを紛らわそうとなんかしていない！

そうとも、アイツはそんな奴じゃない……………フン！

思念体である身体が指先から光となって崩れていく。そうか、もう時間か……目の前も徐々に光に包まれ、視界が悪くなる。それでも、見えなくなる最後の瞬間まで俺は二人の顔をずっと見ていた。

俺を慈しむように微笑む、風変わりな神様たちの顔を——

■

こうして薬作りに集中していると、転生前のやりとりを思い出す。

結局、俺が受けた加護は二つ。【組成解析】と【必要条件】。

組成解析
物質に含まれる成分や素材を教えてくれる。鑑定の上位互換として扱われるため、鑑定スキルのレベルが上がれば魔法や武器・道具に含まれる効果や威力も解析できるようになる。

必要条件
目的のために何が必要か教えてくれる。しかし、目的の物品を作るために必要な材料は教えてくれるが、必要な量や薬品の配合率など、細かいことは教えてくれない。

ティアに創ってもらった加護——特殊能力は、ご覧の通り非戦闘系だ。

強さに関しては、既に成長速度が五割増しの補正がかかっている。それで充分だ。

なによりこの世界で覇を唱えるつもりなど端からない。その辺はホントどうでもいい。

だから、生産チートとは言わないまでも、不便を独力でなんとかできる能力が欲しかった。そう、例えばカレーライスだとかラーメンだとか、主に故郷の味的な分野で！

——既にありましたよ、どちらとも。

それを知ったあのとき、背後にエルダーの高笑いを聞いた……ような気がした。

イヤ、うん、きっと幻聴だ……そうに決まってる。

とはいえ、軽い気持ちで授かった能力だが、なかなかどうして使い勝手の良い能力だった。

【組成解析】は鑑定スキルと連動していたので、幼い頃から何度も使った。最初は朧げだった解析結果も、鑑定スキルの上昇とともに精度が上がっていった。

そして様々な武具や道具、薬品などの構造を解析しながら【必要条件】を用いて、自身の能力で再現できるように努力した。

当然ながら、はじめは全く成功しない。料理やDIYならまだしも、鍛冶仕事や板金みたいな知らない技術は使えない、当然スキルも持ち合わせていない。

様々な現場を回り、教えを請い、前世の知識と組み合わせながら研鑽を積んできた。

——その中でも一番相性がよかったのが錬金術だった。

二つの加護のおかげで、目的を作るのに必要な要素と、それが何に含まれているのかを知ることができたので、後は学生時代に戻った気分で化学の実験を繰り返した。

最初は正確な分量もわからず失敗を繰り返したものの、一度成功さえすれば後はその繰り返し、そこからさらに複雑な実験を繰り返し——そして現在に至る。

今作っている薬は、街のよろず屋に定期的に卸している下級の体力回復薬だ。

蒸留水を入れた鉄鍋を火にかけ、温度は六〇度前後を維持。そこへ見た目は大葉っぽい、乾燥させたケルムの葉を数枚投入する。

ケルムの葉
主に体力回復薬の材料として使用される緑色の広葉。葉の部分に肉体の傷を修復する成分が含まれている。獣や魔物に食べられるのを防ぐため、葉と茎には微量の毒が含まれる。

ケルムの葉から薬効成分が染み出ていくのを眺めること一〇分、出涸らしになった葉を取り出した後に、タルケルの樹液と蜂蜜を入れ、ゆっくりかき混ぜる。充分に混ざったら鍋を火から遠ざけ、粉末状にした魔石を入れて、液体の中で光彩反応が出るまで放置する。

その後、鍋の中身を煮詰めれば、ギルド製の下級体力回復薬と同等のものが完成する。

――さて、ここからは俺のオリジナルだ。

鍋の中身をゆっくり撹拌し、液体の濃度が均一になったら、袋から取り出した黒い粉末を大さじ一杯、液体の表面を覆うように鍋にふりかけ、それが沈殿するのを待つ。

店に並んでいるギルド製の下級体力回復薬は、傷を修復する代わりに脱力感に襲われる副作用がある。これは、傷の修復成分と一緒に摂取したケルムの毒成分を中和するのに、体内のエネルギーが消費されたことによる疲労のせいである。

鍋に入れた粉末は、ケルムの『根』をすり潰し、黒く炭化するまで炒ったもので、これが液体の中にある弱毒性の物質を吸収してくれる。

粉末が全て底に沈んだら、毒が取り除かれた液体を別の鍋に移し、そこからさらに煮詰めて濃縮、完成した薬液を小瓶に詰める。

シン特製、下級体力回復薬の完成だ。

鍋の底に残った毒を含んだ液体は、そのまま水分が完全に飛ぶまで火にかけた後、乳鉢で粉末状に砕く。

毒性の塊となった粉末は、野営などで周りに撒いておけば獣や魔物避けになるので、一人旅をするときに重宝する。誰にも分けてやらんけどな。

魔力回復薬も似たようなものだが、俺とギルドの製法には些細な違いしかない。

それでもギルドで俺と同じ効果の薬が作れないというのは、単にやる気の問題だろう。

薬の改良には当然、金も時間も必要になるわけだが、新薬が開発されたら、レシピは錬金術ギルド全体に公開される。名誉は得ても、実利は得られない。ならば、改良よりも新薬の方がいい。特に、たかだか使用者が疲労感を感じる程度の副作用ならなおさらだ。

俺は授かった異能を使って上手いこと薬の改良に成功したが、これだけのことでも研究と検証にどれだけの労力を必要とするか。そのため彼らの気持ちも理解できなくもない。

だからといって金も苦労も人任せ、美味しいエサが口に運ばれてるのを待ってるだけの連中に、自分の努力の成果をくれてやる義理などない。

俺の異能——加護について説明をしたので、ついでに他の能力についても説明しておこう。

ふざけた神様が面白半分に創っただけあって、この世界にはステータスなる、実にゲームっぽい要素が存在する。

各ステータスにはこれだけの項目がある。

【名前（状態異常など）】【基本レベル】【体力】【魔力】【ギルドなど、所属組織】
【筋力】【敏捷性（びんしょうせい）】【知力】【器用さ】【保持スキル&レベル】
【称号】【加護】

ちなみに、ギルドに加入する場合、そこで活動する際に必要なステータス情報を開示させられる。

つまり、錬金術ギルドに加入しようとしたら錬金術スキルのレベルが、そして冒険者ギルドに登録する場合はなんと、登録時に専用の水晶球で鑑定され、全ての情報を見られてしまう。

だから俺は絶対に冒険者登録はしないし、他のギルドにも加入しない。人には決して見られたくないものがあるのだ。

ただこのステータス、自分のものは無条件で見ることができるが、他人のものを見ようと思えば鑑定スキルを使う必要がある。

ちなみに鑑定レベル三で名前から所属まで、レベル六で筋力から保持スキルまで、レベル九になれば全ての情報が閲覧可能だ。

ただし、鑑定スキルの行使には魔力を必要とするので、人に対して鑑定を使えば、相手にもそれがわかる。人の能力を無断で覗き見ることは御法度であり、程度の差はあれ、街によっては最悪、投獄されるところも少なくない。

そんな個人情報の塊であるステータス、その各パラメータについてだが――

体力

十全な状態の総合的な肉体強度を最大値として、脳からの命令に対して今どれだけ自在に動けるか、コンディションやパフォーマンス能力を数値化したのが現在値。

魔力

内包可能な魔力の最大値と現在の残量。魔法を行使するごとに消費する。

どちらも肉体のレベル――基本レベルが上昇すれば最大値が増えるが、レベルが上がったからといって、鉄の刃を弾き返す皮膚になることも、マグマの中で活動が可能になるわけでもない。あくまで肉体は人間のままだ。もちろん、以前の世界なら超人と呼ばれるほどの域に成長することも可能だが、それはそれ、剣で斬られれば血は出るし、呼吸ができなければ人は死ぬ。

例えばレベル一・体力一〇〇の人間が片腕を斬り落とされると、体力が五〇減るとする。しかし、レベル一〇〇で体力三〇〇〇の人間が同様に腕を斬り落とされたとしても、五〇しか減らないわけでも一五〇〇と半減するわけでもない。時と場合で変化する。

また、呼吸ができない状態だと、窒息に到るまではどんどん体力が減っていくが、呼吸さえ可能になれば、息を整えるだけでほぼ以前の状態まで回復する。

エルダーにこの辺の話を聞いたとき、「こんなの一律にダメージ計算するなんてムリムリ」と笑われた……まったく、本当に適当な奴だ。

つまり体力――しかも現在値はあくまで、発揮できる最大のパフォーマンスに対して、現在どの程度の状態なのかを表示しているに過ぎない。どんなに高レベルになろうとも、喉でも斬られれば出血多量で一気に数値は減っていくし、心臓を潰されれば体力は即ゼロ――すなわち死だ。

どうやら、どんなにレベルを上げても、人間の枠を踏み外すことはできないらしい――

ちなみに、【苦痛耐性】などのスキルが高ければ、切り傷や打撲などの痛みによる体力の低下は防げるそうだ。むろん、ない場合は痛みの原因が解消されない限り、下がった体力はそのままということになる。

他にも、出血が続く限り体力は低下し続け、失血によって下がった体力は傷を修復する体力回復薬では戻らず、失われた血液を補充するしか回復の方法はないなど、色々と細かい。

魔力に関しては、魔法を行使すればその分減少し、ゼロになれば使えない。魔法の威力は、スキルレベルや消費魔力量など、多くの要因で変化する。

この世界は空気中に魔力の素――魔素が含まれており、術者の体内魔力を呼び水として周囲の魔素を魔力に変換、さらにそこから様々な現象を生み出す。これが所謂魔法である。

空気中の成分分布は、酸素が二一%、窒素が六三%、魔素が十五%、その他が一%となっている。また、空気よりも割合は少ないものの、水中や地中にも魔素は含まれている。

基本レベルや行使する属性魔法のスキルが高いほど、魔力の変換効率も威力も増える。

魔法を行使して体内から失われた魔力も、高レベルなほど回復量は多いものの、それでも急速に回復させようとするなら、魔力回復薬に頼らなければ戦闘中では間に合わない。

その他【筋力】【敏捷性】【知力】【器用さ】など、人間の能力を数値化できるのか？とも思う。ただ、地球でも普通に筋力は握力や背筋力、敏捷性は一〇〇メートル走や高飛びや幅跳びの記録、知力は偏差値など、広く数値化されているものはあるので、そうおかしくもない……か？

ちなみに筋力と敏捷性は基本レベルと深く関わっており、知力と器用さはスキルと関係が深い。

要は、魔法スキルを上げるには知力が不可欠であり、不器用では剣も弓も碌に扱えないということだ。ちなみに鍛冶仕事や料理、俺が得意な錬金術などの技能系スキルは、知力と器用さ、どちらも必須だ……まあ、続けていればイヤでも上がるんだがな。

それから、【加護】については既に話したし【称号】については……別に必要ないだろう。

他にも隠しステータスとして【疲労度】や【空腹度】などあるらしいが、他人が見ても仕方のないものは表示されないらしい。あまりにも感覚的なものなので、本人にも見えないようだが。

ただ、ギルド製の下級体力回復薬を服用したときの副作用は、この疲労度の増加らしいので、全くの無関係とも言えない。

おそらく、見えないものにも目を向けよ——などという崇高な教えがここには含まれているとかいないとか……ないな、うん。

――パキッ！

「ん…………うん……」

焚き火にくべる木の枝を握り潰した音に、眠っているエリスが反応する。

「エリス、か……」

最初は、ヘンな奴に付きまとわれたと思った。

逃がさないと凄まれたときは、どうやって異空間バッグや自身のことをごまかそうか悩んだものだが、一向に詮索する様子はない。

ありがたいことだが、それはそれでエリスとパーティを解消する口実がない。なにより……

「一緒にいて、楽しくないわけじゃあ……ないんだよなあ」

故郷で再起を図る冒険者と流れ者の薬師、今はたまたま道が重なっただけで、いずれは離れていく存在だ。だから、情が移る前にさっさと別れてしまいたい。それでも、横で安心しきったように熟睡するエリスの寝顔を見ていると……

「……あんまり、振り回して欲しくないんだがなあ……」

俺の呟きは誰にも聞かれることなく、夜の中へと消えていった。

■

作戦決行の日、森の奥にもかかわらず、木々の間からさす日の光はとても柔らかで、ここが魔物の巣食う場所であるという現実を、少しの間忘れさせてくれる。

シンは、杖代わりに使っている棒やマントなど、走るのに邪魔になりそうなものは全て異空間バッグに仕舞い、ギガントボアが来るであろう、泉のある方向を少し離れたところから仁王立ちで睨みつける。

そして、その足元にはエリスが地面に這いつくばっている。傍から見ればマヌケな光景だが、本人はいたって真剣。ギガントボアの接近を察知するため地面に耳をつけているのである。

「あー、エリス、どんな感じ？」

「黙って、気が散る！」

「……ゴメンナサイ」

朝からこの状態で待っている二人だが、目当てのギガントボアがやってくる気配はない。

これは明日か――と気が緩んできた頃――

「来たっ！」

エリスの一言でシンにも緊張が走る。

「状況は？」

「音と振動からしてあと四〇〇メートルってとこかしら？　スピードは遅いけど走ってる感じね」

立ち上がったエリスはシンの横に立つと、固まった身体をほぐし出す。それを見たシンが問いかける。

「準備は？」

「いつでも」

「――はいよ、それじゃコレ」

シンは、エリスにテニスボール大の物体を渡した。

それは、透明な薄いガラスで作られたボールのようで、中には粉末状の何かが三分の二ほど入れられている。

「これは？」

「ヤツが泉を渡ってこっち側に来たら、眉間(みけん)めがけて投げてくれ。あ、何箇所か色が塗(ぬ)ってあるところはヤスリで削(けず)って割れやすくしてるから力は込めないで」

「ん、わかった。ぶつけるだけで良いのね？」

「ああ、任せた」

レンジャーのエリスなら投擲(とうてき)スキルを持っているだろうと考え、シンは作戦の前半はエリスにほぼ任せるつもりだった。

遮蔽物の陰に身を潜めて様子を窺っていたところ、ほどなくしてギガントボアが姿を現す。

のそりのそりと歩く巨体の持ち主は、泉に足を踏み入れるとそのまま広いエリアまで泳いでいき、バシャバシャと水浴びを始める。

(アイツ専用の風呂場だったのか……)

シンがそんなことを考えていると、水浴びを終えたギガントボアは泉から上がり、水気を飛ばすため身体を震わせる。二人のいる場所まで飛沫が飛んできそうな勢いだ。

そんなギガントボアが動きを止めた瞬間、タイミングを見計らっていたエリスが、手にしたボールを目標めがけて投げつける！

ヒュッ――――パリン！

見事、眉間にヒットしたボールは綺麗に砕け散り、中身を周囲にぶちまける。

そして、拡散した粉末がギガントボアの顔面に降り注ぐと――

「ブゴオオオオオオオ‼」

ギガントボアは激しく吼え、顔にかかった粉末を拭おうと、頭をブンブンと振ったり、その場で地団太を踏む。

「……ねえシン、あれの中身はなんだったの？」

油断なく目の前の光景を観察しているエリスは、シンに質問する。

「あれは粉末にした『ガザルの実』と乾燥させたヘドロを混ぜたもんだよ」

ガザルの実
主に東大陸で栽培されている、異世界の唐辛子。カレーの材料としても使われるごく一般的なスパイス。

「臭いやら、目にガザルの粉が入って痛いやら、あちらさんは大騒ぎだな、愉快痛快」

「あらためて言うのもなんだけど、シンって性格悪いよね……」

呆れたように呟くエリスは、既に諦めの境地に入っている。

シンは、心外だと言わんばかりに、返す。

「敵の嫌がることをする、敵の予想外のことをする、戦術の基本だ！」

とことんまで楽をしたがる男だった……

「ブガアアアア‼　ブゴオオオオ‼」

そんなやり取りの中、鳴き声の先に目を向ければ、怒りに目を血走らせたギガントボアがまっすぐシンを睨みつけていた。闘牛のように地面の土をかき、突進の準備を始める。

その様子を見たエリスが呟いた。

「シンを見てるわね……」

「だろうな」

「……今度は何をしたの？」

「別に。ただ、さっきのボールの中には、俺のシャツから搾った汗も入ってたから、同じ臭いの俺がロックオンされたんだろ」

「ハア……それで、逃げないの？」

「囮役としては、向こうが仕掛けてくるまでここで待機しておくさ」

よほど肝が太いのか、それとも慣れてしまうほど同じことを繰り返してきたのか。シンの表情からは焦りも緊張も見られない。

そして――

「――来るぞ」

ドゴンッ‼

爆発音が聞こえたかと思うと、ギガントボアがシン目がけて突進してきた。

それを確認した二人はすぐさま身を翻すと、一目散に逃走を図る。

バキッ、バキキキッ――‼

太く育った木々を、まるでトウモロコシか向日葵でも薙ぎ倒すかのように進むギガントボアと、スルスル木々の間をすり抜けるように走る二人との距離は、ジワジワと縮んでいく。

「ちょっと、このままだと追いつかれるわよ⁉」

「エリス！　これ、持ってろ！」

シンは異空間バッグから取り出した、青色の液体の入った薬ビンを一本投げて渡した。

「これは？」

「加速剤、一分間だけ二倍の速さで動ける！　ちなみにエリスは今よりもっと速く走れるか？」

「今はシンに合わせて走ってるから、全力を出せばもっと速いわよ」

「そうか、俺はこの辺が限界だから、ここからは薬のお世話になる。ついてこいよ‼」

そう会話を締めくくると、シンは加速剤をグビリと飲み干す。

途端、爆発的な加速を見せ、ギガントボアとの距離を大幅に広げた。

後姿を必死に追いかけるエリスだが、さすがに二倍に加速したシンには追いつけない。

気配でそれを感じたシンは、速度を緩め、やがてエリスと並走する。

「ちょっと、今の、うちに、距離を稼いで、おかなくても、いいの？」

全力疾走で、エリスの言葉は途切れ途切れになる。

「大丈夫、効果が切れたらもう一本飲むさ。ただ……」

「ただ？」

「二本以上飲んだら、明日は筋肉痛で、歩くのもやっとだけどな！」

そう告げるシンの顔に悲壮感はなく、むしろ楽しそうでさえあった。

直線で距離を稼いだかと思えば、密集した木々を迂回してまた追いつかれる。

そんな一進一退を繰り返して、ギガントボアとは付かず離れずの距離を保ったまま、加速剤の効果は間もなく切れようとしていた。

――が、効果が切れた直後、急な減速にバランスを崩して転倒、ギガントボアに襲われる……なんて未来はごめん被ると、シンは二本目の加速剤を口に含む。

「さて、これで明日は筋肉痛確実、きっちり今日しとめるとしようか！」

自分に発破をかけるシンを励ますように、森の境目が見えた。

「シン、もうすぐ外に出るわ！」

「おう、それじゃ作戦通り……つってもやることはないか。巻き込まれるのだけは注意しろよ⁉」

「わかってる、それじゃ三……二……一……抜けたわ‼」

森を抜けた二人は、左右に広がるように平原を走った。エリスはギガントボアの進行方向の先に位置取り、シンは少し横にそれたところで立ち止まると、懐から、紐の付いたボールを取り出し、呪文の詠唱を始める。

「火精よ、我が指先に宿りて灯りをともせ〝灯火〟」

指先から少し離れた位置に、ライターのように小さな炎が現れると、ボールからのびた紐に着火した。

ギガントボアが森を抜けてくるタイミングに合わせて、シンはそのボールを投擲する。

ボールからのびた紐は、シューと音を立て勢いよく燃え、やがて炎がボールに届くと――

ドゴーーーーン‼

炸裂音とともに黒煙が広がり、森の境目あたりの視界が遮られる。

「さて、スピードに乗った状態じゃ、巨体は止まるまい。前の見えない状況でどんな判断をするかな。でっけえイノシシちゃん？」

シンは不敵に笑った。

――ギガントボアはイラついていた。

奇妙な粉を顔に投げつけた人間もそうだが、木々の間にちょうど目線と同じ高さでロープが張られているため、それに引っかかる度に思うまま走ることを邪魔されており、これも不愉快極まりない。

こんなことで突撃を防げるはずもないが、不快なことに違いはない。苛立ちが募るばかりのギガントボアは、目の前を走る、特にあの粉と同じ臭いを発する人間への怒りが増していく。

「────!!」

一緒に走っていた人間が、何かを叫ぶと同時に森の外へ逃げていく。

逃がすものかと一層、地を駆ける四肢に力を込め加速するギガントボア。しかし──

ドゴーーーン!!

目の前で大きな破裂音がしたかと思うと、視界を塞ぐように黒煙が立ち込める。

幸い、音や煙だけで直接的な被害は何もない。おそらく驚かせて走りを鈍らせるための攻撃と予想されるが、この程度で止まるギガントボアではなかった。

勢いに任せて煙を抜けようとするギガントボアだった──が、次の瞬間、視界の端にキラリと光る何かを発見する。

見れば、今まで何度も引き千切ってきたロープと同じように、しかし今度は太い鉄製の鎖のようなものが短い間隔で何本も、目線の高さではなく足元に張られていた。

これが罠であると、ギガントボアの頭で理解できたかどうかはわからない。だが、獣としての本能はそれを回避するため、巨体にもかかわらず軽やかに跳躍した──

「うそ──」

森の罠を見事なジャンプで切り抜けたギガントボアに、思わずエリスが驚きの声を上げる。

仕掛けた鎖に足をとられ、勢いのまま無様に地面を転ぶ——そんな一〇〇点満点の結果を期待していたわけではないが、さすがに体高三メートル、体長六メートルの巨体が軽やかに宙を舞う姿までは想像していなかった。そして、あの巨体があそこまで跳べるのか？と純粋に驚く。

だが視線を落とすと、こちらはそれこそ想定の範囲だといわんばかりに、落ち着いたシンの顔が目に映った。

その顔を見たエリスは心に宿った怯えを振り払うと、ギガントボアに向き合う。

ギガントボアは、少しだけ滞空した後、力強く地面に着地——

——ズボッ、ガキィィィ!!

ギガントボアの前肢は踏みしめるはずだった地面を突き抜け、何か硬いものに激突したかのような音を響かせる。

「ブギイイイイイイ!!」

苦痛に満ちた悲鳴を上げるギガントボアは、勢い余って前転、無防備に腹部を晒したまま地面に横たわる。

「ブ……ブゴ………」

ギガントボアが己の身に何が起きたのかわからず混乱している内に、シンは薬瓶を二つ取り出し、液体の入った瓶は口の中に、粉末の入った瓶は魔物の鼻先に投げつける。

薬の中身はどちらも以前オークに使ったものと同じく、感覚を鋭敏にさせる薬だった。

薬の効果はすぐに現れ、痛みにのたうつギガントボアは、前脚や蹄の根元から流れる血を周囲に撒き散らしながら騒ぎ出す。

「……さて、後は仕上げかな」

獣であれ魔物であれ、いくら痛みに襲われようとも、敵を前に寝転がったままでいるわけにはいかない。痛みに耐えつつ、ヨロヨロと立ち上がるギガントボアだったが――

「ギュオオオ‼ ギギ……ブギュゥ……」

無傷な後脚に比べ、傷ついた前脚では自重を支えきれずにバランスを崩す。とっさに前脚を出して踏ん張ろうとするものだから、さらに出血と激痛をひき起こす。既に死に体と言ってよかった。

「うわ、痛そう………」

悲痛な鳴き声を上げるギガントボアを見て、エリスが眉を顰めて呟く。

(……元はといえば、エリスが受けてきた依頼なんだが)

気持ちはわからなくもないが、せめて心の中で呟くに止めて欲しいと思うシンだった。

「……それなら早めに終わらせようか。エリス、アイツが口を開いたらこれを投げ込んでくれ」

そう言って最初に渡したようなボールをいくつか投げてよこしたシンは、エリスがそれを受け取ったのを確認すると、ギガントボアに向かって走る。

シンを憎々しげに睨みつけるギガントボアだが、壊れかけの脚ではまともに動くこともできず、その場に立ち尽くした状態で彼の接近を許してしまう。そしてシンは、懐からエリスに渡したのと同じボールを取り出し、前脚の傷口目がけて投げつけた。

「――!! ……………ブギャアアアアアアアアア!!」

まるで興奮した馬のように後脚で立ち、嘶きのような悲鳴を上げるギガントボア。しかし、振り上げた前脚が下ろされ、地面に触れた瞬間、激痛でさらに大きな悲鳴が上がる。

すかさずエリスは大きく開いた口に、シンから渡されたボールを全て投げ込む。その表情は、高ランクの魔物を倒す好機に沸いているのではなく、拷問のごとき目の前の凄惨な状況をどうにかしたいと、痛ましさに顔を歪めているようにも見えた。

ボールはいくつか狙いを外したものの、半分以上が口の中に吸い込まれ――

「―――――――――!!」

直後ギガントボアは、まるで痛みを忘れたかのように四肢を踏ん張り、狼のように天に向かって顔を上げると、声にならない咆哮を上げる。

「ほい――これで……おわり、と」

シンはいつも手にしている愛用の棒を取り出すと、ギガントボアの傷ついた前脚に向かってフルスイングをする。

ゴギイイィイイ――‼

シンの渾身の一撃は、ギガントボアの傷付いた脚を完全に破壊した。

許容限界を超えた痛みに、ギガントボアは眼球をグリンと回して白目をむくと、地響きを立ててその場に崩れ落ちる。

「後は止めを刺して終わり。どうするエリス、俺が最後までやっておこうか？」

「⁉ ………ううん、私がやる」

エリスは、シンの気遣わしげな声に、この依頼を受けようと言い出したのは誰だったのかを思い出し、さっきまで憐れみの視線を向けていた自分を恥じるように頭を振ると、覚悟を決めた表情で答えた。

「そうか、それじゃあホイ」

シンは、異空間バッグから一本のレイピアと、黄色い液体の入った薬瓶を取り出してエリスに渡す。

「……この薬は？」

「そいつは『剛力剤』、飲めば一分間、筋力を二倍にしてくれる。止めを刺すには、目から剣を入れて脳を破壊するか、腹部から剣を入れて心臓を貫くかの二つ。背に比べて腹の方は比較的刃が通るって言っても、さすがに力がいるからね。保険みたいなもんだよ」

シンの説明を聞きながらレイピアの具合を確かめるエリスだが、なかなかさまになっている。

「軽い……これ何でできてるの？」

「ああ、刃の部分はチタンかな」

「チタンって……これ、とんでもなく高価なんじゃ……？」

鋼よりも強く、なおかつ軽いチタンは、こちらの世界でも加工の難しい金属だ。過去にシンが、自身の能力強化に励んでいたときに作った代物である。

鉱石からチタンを抽出する作業は、こちらの世界だと、高レベルの錬金術スキルを駆使すれば比較的容易である。

チタンに限らず、鉱石からの抽出、精錬は錬金術で行い、その後の加工は鍛冶師が請け負うなどギルド間で分業にすれば、この世界の金属加工技術は飛躍的に発展するかもしれない。

しかし、鉱石から金属を取り出すのは鍛冶師の仕事、錬金術師の仕事は薬品の調合や武具・道具への魔法効果の付与だという固定観念や常識が、そういった道を閉ざしている。

そしてシンは、それを誰かに教えるつもりはなかった……少なくとも今のところは。

「旅の途中で拾った」

「拾ったって……」

「前の持ち主がどうなったかは知らないけど、冒険者がそういうことになるのはよくある話だろ?」

「まあ、確かに……」

「仮に冒険者ギルドで持ち主を探したとして、果たして何百人名乗り出ることやら……」

さすがにシンも、これも自作だとバカ正直に喋るほど危機管理能力は低くなかった。

シンの説明に納得したエリスは、レイピアを目と眼窩の隙間に当てると、大きく息を吸い、一気に剣身を差し込む!

「――――――――!」

剣先が脳に到達したのか、ギガントボアの巨体がビクビクと痙攣した後、完全に沈黙する。

Cランクモンスターのあっけない最後であった――

「……ふう、終わった終わった」

エリスに背を向けて、ヤレヤレと自分の肩を叩きながら呟くシンだったが、軽い口調とは裏腹に表情は優れない。

予想以上に疲労を覚える身体に対し、シンは最近ルーチンワークのようにオークやブラッドボアを狩っていたため、普段とは違う仕事に対して意外に気を張っていたことを実感する。

「いかんなあ……」

シンはもちろん仕事の達成感はあるものの、反省すべき方向に精神の天秤が傾いてしまう。

「シン、これからどうするの？」

「……ああそうだな、早速向こうに連絡を入れないと。エリス、頼めるか？　俺はコイツの血抜きとか簡単な処置だけしておくから」

「ええ、わかったわ」

通信用の魔道具をエリスに渡してから、シンはギガントボアに向き合い作業に取りかかる。

喉を縦に裂いて、そこから動脈だけを切って血液を甕に集める。そして血液を集めている間に腹を開いて内臓を取り出すと、錬金術に必要な部位だけ保存処理が施された容器に収め、異空間バッグに入れる。いらない臓器は臭いを通さない袋につめておく。後で森の中に投棄しておけば、勝手に処理されるだろう。

一通りやっておくべき処理を済ませ、魔法で生み出した水でギガントボアの死体を洗っていると、通信を終えたエリスがシンのもとへ近付いてきた。

「ねえ、聞くのは野暮だと思うんだけど……聞いていい？」

「ダメって言っても食い下がるんだろう。で、何が聞きたい？」

「ギガントボアが着地したとき、凄い音がしてダメージを受けてたみたいだけど、なんだったの？」

「あれは、エリスにも教えてあった落とし穴に仕掛けておいた保険だよ。万が一、ギガントボアが鎖を飛び越えたときのためのね。ほら、見てみな」

シンが雑草を集めて作ったシート状の地面を剥ぎとると、深さ三〇センチほどの落とし穴の底に、灰色の物体が広がっている。そこには二ヶ所、ちょうどギガントボアが着地した地点に、無数の亀裂が浮かび穴が開いていた。

「これがその保険、コンクリートで作った床だよ」

シンの仕掛けた罠は、ギガントボアが鉄鎖に引っかかって転んだ場合は、このコンクリートに全身を強く打ちつける。もし気付いてジャンプした場合は、この浅い落とし穴で着地のタイミングをずらし、足の関節が伸びきったところをコンクリートの床にぶつける——というものだった。

「鎖を回避したせいでさらにヒドい目にあったな、コイツも」

「どうしてそう、ろくでもない作戦ばかり思いつくのかしらね……」

「失礼な、俺はいつだって自分や仲間が傷つかない、優しい作戦を立案してるだけだ」

心外な！　と訴えながらも、なぜか欠片も感情のこもっていないシンに向かって、エリスは質問を続ける。

「ところで、私が最後に投げたボールには何が入ってたの？」

「ああ、あれは……えーと……ほらコレ、毒じゃないから舐めてみな」

そう言って小さな壺に入った赤い粉末を、エリスの手の平に少量落とす。

「コレが？……ペロ…………――!?」

エリスは粉末を舐めた直後から、大口を開けて声にならない悲鳴を上げ続ける。実にはしたない。

ちなみに、悶え続けるエリスが舐めた粉末だが――

アギア・ガザルの実
とんでもなく辛いガザルの実。刺激はブート・ジョロキア級、アギアの由来は口にした者の悲鳴からだとか……

東大陸の一部で栽培されているえげつない植物だ。ちなみにシンは、こんなものを好んで食す人間が存在することを、転生する前もした後も、いまだに理解ができないでいる。

常々これは人の体内に入れてはいけないものだと考えているが、賛同者は半々だった。

とはいえ、そんなものを何も言わずに舐めさせるシンも、相当な性格である。

スパァン――!!

案の定、頭を思い切り叩かれた。

「あ……あ……アンタねぇ！　なんてもの食べさせるのよ‼」

「アッツ……とりあえず落ち着いて！　……イヤ、悪かった……だからレイピアの切っ先をコッチに向けないで‼　あ、ほら、コレでも飲んで……大丈夫！　毒じゃない！　中身は甘い果実水だから！　ホラ切れてる‼　薄皮一枚切れてるから‼」

　悲鳴を上げるシンを恨みがましく睨みながらも、エリスは果実水を飲み干し、やっと一息つく。しかしその顔を見るに、怒りはまだ燻っているようだ。

「エリスが今舐めた――だからゴメンって‼　……コホン、薬の効果で五感が鋭くなってるギガントボアは、そいつが詰まったボールを口に放り込まれて、文字通り地獄の辛さだっただろうな」

　辛さ――辛味とは味覚ではなく、舌で感じる痛みだ。アレだけの量を口に放り込まれて、ギガントボアもさぞ苦しかったことだろう。

「口の中と前脚の激痛のせいで、肉体が耐えられる限界を超えちまったんだろうな、失神したやっこさんはエリスに止めを刺されたってわけだよ」

「どうしてそう、ろくでもない作戦ばかり思いつくのかしらね……」

　大事なことなので二回言われた。

　シンは肩をすくめる。

「楽に相手をしとめられるんなら、卑怯だろうが邪道だろうが気にしないね、俺は」

これがシンの信条だった。

「確かにそうね……倒してから言うのもなんだけど、私たちたった二人でギガントボアを倒したのよね、それも無傷で」

結果を見れば最高である。エリスもそれで納得したようだ。

「そして金貨一〇〇枚……いえ、これなら最高の一五〇枚は確実……」

そう、エリスはとても嬉しそうだった――

■

ガラララララ……

シンは、もといシンたちは今、ポリフィアの街を離れ、王都へ向かう馬車に乗っている。

「どうしてこうなった……」

あの日、ギガントボアの巨体を街に運び込むと、それはもう大騒ぎだった。

なにせ塩漬け依頼を受けた物好きが、まさかホントに依頼を果たしてきたのだから。

ギルド側がその優秀な冒険者の詳細を知りたいと思うのは自然のことで、エリスも自分のこと、そして同行者(シン)のことを散々尋(たず)ねられたらしい。ただ、自分はともかくシンに関しては、街中(まちなか)での薬師としての評判くらいしか、話せるものはなかったようだ。当然と言えば当然の話なのだが。

それでも、異空間バッグの存在を内緒にしてくれたことについては、シンもエリスに感謝くらいしてもいいのかもしれない。

最終的には冒険者ギルドの職員も、ギルドの勧誘を頑なに拒んでいる偏屈な薬師に対し、余計な詮索をすることはなかった。ヘソを曲げられて薬を卸すのを止められては堪らない——この辺は実利を重視する冒険者ギルドらしい。

ただ、ギルドからの接触はなくとも、冒険者からの接触がないわけではない。

パーティの勧誘に始まり、薬の融通を『お願い』されるなど、シンの周りも慌しい。

そろそろ街を離れるべきかと悩んでいたとき、ギガントボアの毛皮の加工が無事終わったとの報告を受けたシンは、品物の搬入に依頼達成者として同行して欲しいという依頼に飛びついた。

そして、激しく後悔した。

護衛兼配達として受けた依頼の詳細は——

「依頼主であるアルミシア様も大変お喜びになり、直接労いの言葉をかけたいとの由。どうぞ王都までご足労願いたい」

アルミシアというのはこの国、アトワルド王国の王女である。

国王には三人の子がおり、上から第一王女、第一王子、第二王子、いずれも国王が高齢になってからできた子で、中でも王女は溺愛されているらしい。

フラグを、それも確実にマズイ方のフラグを立ててしまったことに、シンは嘆き、愚痴をこぼしに屋台のおっちゃんに顔を見せに行ったのだが――

「ハッ！　今度はお姫サマときましたか。シンのモテ期は留まるところを知りませんなあ‼」

おっちゃんは血涙を流した。そして、

「お前は俺たちと同類だと信じていたのに‼」

と、屋台衆の面々と一緒になって激しくシンを責めた。

「ふざけんな！　俺の将来行き着く先がなんでソコなんだよ！」

そして、味方と居場所を失ったシンは、エリスと一緒に馬車で王都へ続く街道を進むことに。

「――ねえ、王女様って実際に会うとどんな方かしらね、シン」

「さあね、今年で十五だっけ？　その年で婚約者すらいないって、どこか問題でもあるんじゃないのか？」

貴人の娘、それも王族の姫が十五にもなって独身、それどころか婚約者すら決まっていないなど、常識では到底考えられない。シンがそう思うのも無理からぬことと言える。

仮にそれがとんでもない醜女だろうが最悪の性格をしていようが、権力者の娘であればどうとでもなる。

(解せぬ――)

そんなシンの悩みに答えをくれたのは、エリスだった。

「そんなわけないでしょ……王様が『娘はだれにも渡さん!』って聞かないのよ」

ただ、その答えは王族失格と言われても文句の言えない、最低のものだったわけだが……

「……権力者失格の王様は置いといて、肝心の王女様はそれで文句はないのかよ?」

「王女様はなんというか……天真爛漫というか……あんまり人を疑わないって言うか……王様の言葉をまるっと信じてる感じ?」

――王女様は天然だった。

途端にシンの表情が引き締まる――なぜなら彼は天然に対し、非常に警戒心を持っているからだ。

シンは頭の中にどこぞの女神を思い浮かべ……無力感と絶望感に苛まれる。

「今回の依頼も『お部屋に大きな動物の敷物が欲しい』って言葉が、王様の耳に届いた結果らしいわ」

「いや待て! ……こんな凶悪なもん自室に敷く気か、王女様?」

二人は、王女様の部屋にギガントボアの敷物がでん! と寝そべる風景を思い描き……

「泣き出すんじゃねえ……？」

「──報酬、出るかしら……？」

「………………」

二人は向かい合い、大きくため息をついた──

■

ガタン、ガタタタッ──‼

「──チッ、ホント勘弁してくれよ‼」

「愚痴っても仕方ないでしょ！　無駄口叩いてると舌噛むわよっ‼」

──御者の操る荷馬車が疾駆する。

王都に続く道を大きく外れ、整地のされていない地面をとばす荷台の中で激しくゆられながら、シンは己の不運を嘆く。

経緯はこうだ──待ちに待った（凶悪な）敷物が届くとの報が王都に届く↓待ちきれない姫様、少数の護衛を伴って都の外へ↓謎の集団に襲われる↓護衛、奮闘するも王女様ごと馬車を奪われる↓残った襲撃者を倒した護衛のみなさん、王女を見失う↓通信用の魔道具を持っていたため、協力要請↓シンたちがそれを受ける↓付近を探索、運良く（悪く？）見つけて追跡中（↑イマココ）。

王女を攫うなど大それたこと、野盗ごときの所業ではない。十中八九、絶賛関係悪化中の帝国の仕業に決まっている。

だが問題は、予定外の王女の行動にもかかわらず、図ったように襲撃が行われている点である。

（内通者か密偵か、どちらにせよ王国はヤバイな……）

「護衛の人たちに発見の連絡を入れたからこれで――シン、あれ‼」

「……援軍か、最悪だな」

二人の視線の先には、一〇名からなる集団が現れる。そしてやはりというか、全員帝国軍の装備を身につけているようだ。

武装した集団は王女を乗せた馬車と合流を果たすと、シンたちの乗る荷馬車に対して、それぞれ武器を構えて展開する。

魔術師や弓兵が見えないのは不幸中の幸いか？　ただ、隠れている可能性も否定はできない。

「……見たところ、個として強そうなのは二人くらいで、総じて連中の質は低そうだ。エリス、どうする？」

低い声でシンはエリスに問う。その目はあくまで冷たく、眼前の集団を捉えたままで。

「……どうするって？」

「交渉は無理そうだし、逃げるか、護衛が来るまでこの場で持ち堪えるか、だ」

「逃げたくはないわね……それより、質が低いってどういうこと？」

敵に対するシンの評価に、エリスは疑問を持つ。一見しただけで、どうしてそこまで断じることができるのかと。

「王女の拉致が目的なら、部隊を二手に分けて馬車だけ先に行かせればいいんだ。なのにわざわざこの場に留める理由があるとすれば、無残に殺される俺たちの姿を見せて、恐怖で逆らえなくしようって魂胆か……。別に間違っちゃいないが、そんな余計なことをしている間に、撒いたはずの護衛が追いつくってリスクを考えてない。雑魚だよ、コイツら」

シンの説明を聞いたエリスは、覚悟を決めた表情を浮かべた。

「……シン、あなたには迷惑な話かもしれないけど、私はこの国で生まれ育った人間なの。だから王女様が帝国の奴らの手に落ちるなんて絶対に許せない……お願い、力を貸して！」

「面倒事は嫌いなんだよ……」

「シンっ！」

「……だから、こんな面倒くさい揉め事はさっさと片付けちまおうか」

「――‼　シン！」

「人数が多いから速攻で仕留めるぞ。ほら、この前のレイピア、コレ使っとけ、あと加速剤も。それから、魔力展開による身体能力強化は使えるだろ？　出し惜しみするなよ」

取り出したレイピアと加速剤をエリスに渡すと、シン自身も普段使いの棒を取り出す。

「シン、あなた直接戦闘は……」

「心配は要らない。前にも言っただろ、オツムの足りてない奴なんて、罠に引っかかる獣と大して変わらねえよ……っと言い忘れた、加速剤は速度が二倍になる分、身体の制御が難しい。敵に接近したままにはなるなよ」

相変わらずの軽口を叩くシンに、エリスもいい感じに肩の力が抜けた。

「それじゃ私は右側を、シンは左側をお願い……行くわよ‼」

合図と同時に、加速剤を飲んだ二人は魔力展開による身体能力強化の効果も相まって、まさに矢のような速度で荷馬車から飛び出した――

魔力展開による身体能力強化

魔法は個人の才能によるところが大きいが、訓練さえ積めば体内を流れる魔力を制御することは誰にでも可能である。その魔力を、動力補助を行うパワードスーツのように身体の表面に展開することで、身体能力を向上させることができる。

当然限界はあるものの、展開する魔力量と魔力制御スキルによって上昇幅は変化する。

トスッ――

一人目は、自分の喉をエリスのレイピアが貫いたことすら気付かずに、人生を終えた。

二人目は、身につけていたのが革鎧だったことが災いし、チタン製のレイピアによって鎧ごと心臓を貫かれ絶命した。

三人目は金属の鎧に身を包んでいたが、高速で接近と離脱を繰り返すエリスに対して一度も攻撃を当てることができない。逆に体勢を崩したところに足を貫かれると、地面に倒れこんだときにヘルムの隙間へレイピアを突き入れられ、一度だけ大きく跳ねると、それ以降動かなくなった。

レンジャーのエリスは、目や反射神経は人並み以上に優れていたようで、加速剤の効果に振り回されることもなく、また、不慣れなレイピアも重量が軽いこともあって、上手く使いこなしていた。

三人を倒したところで加速剤の効果が切れたエリスは、暴風のごとき勢いはなくなったものの、残り二人となった敵相手に互角以上の戦いを繰り広げる。

理由の一つに、シンの言っていた強そうな二人がエリスの方に向かっていかなかったこともある。

しかし、それが意味するところは――

「シンッ――‼」

――ゴッ‼

一人目は、大上段から振り下ろされたシンの棒の一撃をまともに受け、ヘルムごと頭を陥没させられてその場に崩れ落ちた。

二人目は、駆け寄るところを狙いすました一撃で喉を突かれ、頚椎を砕かれ骸となった。

三人目は、大剣を前面に構えて突進したところを、振り上げたシンの棒に剣を弾かれ体勢を崩し、直後に放たれた横薙ぎの一撃で首を折られ、物言わぬ物体となった。

立て続けに雑魚を三人沈黙させたシンは、自身が強いと評した残りの二人と対峙する。

「チッ――おい！　いいから馬車を出せ、王女の身柄だけでも確保するんだ‼」

「もう遅ぇよ！」

――バキィッ‼

叫ぶと同時にシンは持っていた棒を投げ、この場を離れんとしていた馬車の車輪を破壊する。

残った三輪で整地されていない道を走るのは困難だったらしく、馬車はバランスを崩すと横倒しになった。

「キャッ！」

おそらく王女と侍女のものだろう、戦場には似つかわしくない可愛らしい悲鳴が響く。

ヒュッ――

シンが馬車に意識を取られた隙を突いて、残った二人のうち、剣士の一撃がシンに襲いかかる。

「うおっととと！」

間一髪飛び退いたシンだが、しかしここで加速剤の効果が切れた。

「いちいち余計なことをする……だが、無手で二人を相手にはできまい」

ロングソードとメイス、二つの武器が時に同時に、時に時間差でシンに向かって降り注ぐ。

しかしシンは、その攻撃を悉くギリギリで回避していった。

常に足を使い、二人が直線に並ぶような位置取りを心がけると、メイスの一撃はバックステップで、ロングソードの一閃はマントに引っかけるようにして、勢いを殺しながらかわし続ける。

おかげでシンのマントは短時間でズタボロになってしまった。

「貴様、何者だ⁉　我ら二人の攻撃をこうもかわし続けるなど‼」

「ハッ、お前らこそ何者だよ？　二人がかりでただの薬師にいいようにあしらわれやがって」

「く、薬師だと⁉」

「見てわかれよ、騎士や冒険者がこんな格好してると思うか？」

驚愕に目を剥く二人に対して、せせら笑うように挑発を続けるシン。

一見、二人を翻弄しているようなシンだが、あくまで回避に徹しているがゆえの状況であり、また、冷静さを失っている相手のおかげでもあった。

さすがにこのままではジリ貧だと、シンは攻勢に転じる――

胸のショットシェルポケットに刺さった薬瓶を一本引き抜くと、封を開けて中の粉末を周囲にばら撒く。緑に色付けられた粉末は、周囲に広がりつつ空気中に漂う。

「マズい、毒かもしれん、一旦退け‼」

そうして、距離を置いた二人とシンは、緑の空間を挟んで対峙する。

再度、今のうちに加速剤を飲めば二人を圧倒できるのだが、悲しいかな在庫切れだった。

「……だったら」

シンは胸のポケット――実はコレも異空間バッグである――から黄色い液体の入った薬瓶を取り出すと、一気に飲み干す。

敵兵士はそれぞれ、緑の空間を迂回してシンを挟み撃ちにするべく、タイミングを合わせて襲いかかってきた。しかし、ここでシンは意外な行動に出る。

「なっ⁉」

緑の空間に飛び込んだシンに意表をつかれ、剣士が一瞬棒立ちになる。そしてその隙をシンは見逃さない――

ドゴッ‼

「ぐはっっっ‼」

先ほど飲んだ黄色い薬――剛力剤によって二倍の筋力になったシンの全力の蹴りを、隙だらけの脇腹にまともに受けて、剣士は吹っ飛ぶ。

だが剣士は吹き飛ばされながら、せめて一矢報いねばと剣を振るい、蹴りの体勢のままだったシンの足を浅く斬りつけた。

シンは一瞬焼けるような痛みを覚えるが、それをすぐに意識の外に追いやった。そして自分の頭上に今まさに振り下ろされんとするメイスを、空手の上段受けのように左手を出し、メイスの勢いに負けないよう、その左腕に右手を添えて踏ん張る。

ゴギュッ‼

「ぐっ……‼」

骨の砕ける音、そしてシンの口から苦悶の声が漏れる中、両者は睨み合う。

「左腕を犠牲にして防いだか。それにしても、緑の粉はブラフか⁉」

「……ブラフも何も、コイツが何かなんて、俺は一言も言っちゃいないぜ」

薬師と名乗った直後に散布されたものを警戒するのは至極当然であったが、シンの狙いは先ほど剣士を攻撃したときのように、自分だけの安全地帯を作ることだった。そしてそれは首尾よくいき、残るは目の前のメイス使いひとり。

とはいえシンも無傷ではない。剣士を無力化した代償は、メイスによって砕かれた腕一本。剛力剤は筋力を二倍にすることはできても、骨の強度を上げることも、砕けた骨を筋肉で補うこともできない。

しかも、潰れた腕をはさんでの力比べでは、筋力アップはむしろ、痛みを大きくするだけだった。

「くうう……」

「キサマには色々としてやられたが……フンッ！　これで、サヨナラだ‼」

帝国軍兵士はシンを蹴り飛ばすと、メイスを振りかぶる。

飛ばされた際にバランスを崩し、その場に座り込んだシンに逃げ場はない――が。

「――ああ、お前がな」

「なに？　――っ‼」

――ドスッ‼

兵士の胸から何かが飛び出す――それはエリスのレイピア。残りの二人を下した彼女が、いつのまにか兵士の後ろに回り込んでいたのだ。

「そん、な……」

「てめえは戦いのセンスと力、両方持っていた。でもチョットばかし周りが見えてなかったな」

シンの言葉に反応することなく、メイス使いは息絶える。

「大丈夫、シン？」

「まあ、なんとかね……」

「それにしても……やっぱり強いじゃないの！」

「あ～……弱いと言った記憶はないなあ……」

この期に及んでごまかそうとするシンに、呆れ顔のエリスは肩をすくめる。

「まったく、ああ言えばこう言う」

「気を抜くなエリス、まだ全滅させたわけじゃ――‼」

生きている敵はあと二人、シンの蹴りをくらってうずくまっている剣士と、そして馬車を操っていた男――その男がエリスの背後に迫る。

「エリ――‼」

ドス‼

「ガハッ‼」

「誰が気を抜いてるって？」

レイピアを逆手に持ったエリスは、後ろを見もせずに男の胸を刺し貫いた。

「……お見事です、ハイ」

シンは降参とでも言うように無傷の右手を上げると、小さく苦笑した――

その後——王女の様子は同じ女性のエリスに任せることにし、回復薬で腕の骨折を治し、まだ息のある帝国兵士のもとへ足を向ける。

シンの蹴りによって吹き飛ばされた兵士は運良く——もしくは運悪く、折れた肋骨が肺に刺さりでもしたようで、薄目を開けてはヒューヒューと苦しげに息をしていた。

このまま死なれては情報は手に入らないと、シンは兵士の首にそっと手を当てる。

「雷精よ、肉体の繋がりを断ち切れ、〝断線〟」

断線——魔力を纏った電流で脊髄を麻痺させ、脳から送られる肉体への指令を一時的に阻害する魔法を使い、シンは相手の動きを封じた。そして、魔法の効果があるうちに兵士を丸腰にひん剥くと、所持品を全て奪い、手足を縛って拘束、市販の回復薬を飲ませ放置する。

「エリス、そっちは？」

「大丈夫、馬車が転んだときにところどころ打ったり擦りむいたりしてるけど、たいした傷じゃないわ！」

——大問題だった。

「かすり傷とはいえ、お姫様の負傷のどこが大したことないだ、エリスのアホ‼」

血相を変えたシンは急いで馬車に駆け寄り、有無を言わさず侍女に回復薬を差し出すと、両者ともキズ一つない身体に戻ってもらう。

やがて、侍女に支えられながら王女が横転した馬車から出てくると、シンとエリスはその場に平伏した。

美しい少女だった――

十五という年齢のわりに幼げな顔立ちは、荒事の場にあってなお無垢なる輝きを放つ瞳によってさらにその印象に拍車をかける。

おそらく溺愛する国王のもと、蝶よ花よと育てられてきたのだろう。

――途端にシンの頭の中でアラームが鳴り響く、曰く、アレは危険だ、と。

シンはすぐに行動に出る。

「……あの、あなたは？」

「ハッ！　しがない旅の薬師で名をシンと申します。此度は王都への道すがら、たまさか王女殿下危急の報を受け、仲間と手を携え救出に助力させていただいた次第でございますです、ハイ♪」

それはもう庶民らしく、王女様を前に平身低頭、へりくだりながらも言葉に媚びる雰囲気を匂わせることを忘れない。

傍らに控える侍女は、そんなシンの態度に険のある目つきを一瞬浮かべるが、すぐに命の恩人に対するものではないと思い直し、急いで表情を繕って王女の言葉を待つ。

そして王女の返答は――

「まあ！　まるで御伽話に出てくる勇者様のようだわ！」

（――くそう！　これだから天然は!!）

シン渾身の『ウヘへ、イヤァこちとら報酬目当てのチンケな小者っすわ』作戦が台なしだった。

わざわざ戦闘でボロボロになったマントを引きずっての土下座、さらにそこから媚びへつらう演技のコンボ、しかしそれを華麗にスルーしてのけるのは、まさに天然のなせる技だろう。

「イエイエそんな勇者だなどと……見ての通り、どこにでもいる有象無象の類でありますれば」

「そうやって自らの功を誇らないところ！　ますます勇者様のようですわ♪」

額から大量の汗を流すシンは、かつてない強敵の登場に戦慄を覚えた。

取り返しのつかない事態になる前になんとかしなければ――シンは侍女に顔を向けると、無言のまま必死に訴えかける。

はじめはシンの態度を訝しんでいた侍女も、やがてその意図を察知してくれたのか――

「姫様、そのようなことは後にして、急いでこの場から離れましょう」

「え、でも」

「王女様を狙った悪党どもの仲間が残っている可能性もございます、とにかく今は一刻も早く安全な場所へ。護衛の方々には先ほど連絡を入れましたゆえ、間もなく到着することでしょう」

「そ、そうね……そこまで言うのなら」

二人がかりで言いくるめられた王女は、そのままシンたちの乗ってきた荷馬車に乗り込む。

「エリス、王女様をこのまま王都まで連れていってくれ。俺はこの生き残りと一緒に護衛の騎士が来るのをここで待つ」

「わかったわ。それとハイ、これ」

「おう、ありがとさん」

エリスはシンに向かって、馬車に投げつけたまま放置されていた棒を投げて寄越す。

「というかこの棒、重すぎるんだけど……金属の筒に中はオーク材？　なにコレ？」

「あ～、それかぁ……炭化タングステン？」

「たんかた……え？」

炭化タングステン
タングステンカーバイド、超硬合金とも呼ばれるタングステンと炭素の化合物。鋼やチタンよりも硬い物質だが、金と同等の重さがあり、付与する魔法効果のノリもあまりよ

くないため、武器や防具には適さない。

数年前、強力な武器を欲しがったシンが、その材料を模索していたときに、『とんでもない切れ味の日本刀を造ろう』という、前世で見た某テレビ番組の企画を思い出した。

その番組で、日本刀の材料として使用された金属こそ超硬合金、つまり炭化タングステンである。

【組成解析】と【必要条件】、二つの能力をフルに活用するも、シンが持つ鍛冶スキルのレベルでは、鍛造するにもレベルが足りず、なにより鍛えるための鎚や炉を用意できなかった。

試行錯誤の結果、刀剣を造るのを諦めたシンは、今度は錬金術で素材の精製をする。そして、炎の魔法に長けた協力者と一緒にプレス加工の要領で直径二四ミリ、長さ六〇センチの、底付きの炭化タングステン製のパイプを作成。それを心棒の両端にはめ込んで、件の棒を作成したのだ。

パイプの厚みを二ミリと厚めに作ったおかげで、総重量が四キロを超えてしまったが、シンにとって重量は問題にならない。

ちなみに芯に使っているのはオーク材ではなく、エルダートレントの枝である。

「鋼やチタンよりも硬い金属なんだが、この通り重いわ加工しづらいわで、こんな風にブンブン振り回すようなものにしか使えないんだよ。エンチャントによる魔法のノリも悪いしな」

「ブンブン振り回せるような重さじゃないと思うんだけど……まあいいわよ、もう」

エリスと王女たちを乗せた馬車が、今まさに王都に向かって動き出そうとするそのとき――

ドドドドドドドドド――‼

「――アルミシア様ぁ‼」

野太い声を上げる完全武装した老齢の騎士を筆頭に、王女の護衛であろう、大型の軍馬を駆る四騎の騎兵が近付いてくる。

やがてシンたちのもとまで来た彼らは、周りに転がる帝国兵の死体や横転した馬車を見て厳しい表情を浮かべるが、荷馬車に乗る王女の無事な姿を確認すると、ようやく警戒を解いた。

そして、老齢の騎士が口を開く。

「姫様、よくぞご無事で‼ クッ、我らが不甲斐ないばかりにこのような失態、このリックス、いかような処罰も受ける所存にございます‼」

「何を言ってるの、リックス！ あなたはいつだって一生懸命務めを果たしているじゃない」

「しかし――‼」

「私もジュディもこの通り無事だった、それに私、勇者様に巡りあえたのよ‼」

――シンは頭を抱えた。

老齢の騎士――リックスは、王女の唐突な発言に一瞬呆けた。

「は……勇者……ですと？」

「そうなの、私たちの危機に颯爽と駆けつけて、悪漢を全員やっつけたのよ♪」

王女が我が事のように武勇伝を話す横で、当のシンは魂が抜けそうな顔になる。

リックスも、神妙な顔のエリスを一瞥した後、シンに向き直った。

「そなたが、その……勇者だと？」

「滅相もない‼　私はシン、そして彼女はエリス、ただの旅の薬師と冒険者にございます！」

騎士の値踏みするような視線に対し、力の限り否定するシン。しかし――

「ホラね、勇者様はとても謙虚なの♪」

王女の暴走は止まらない。

（もうヤメテ、このお花畑‼）

泣きそうな顔を両手で覆うシンを見てようやく得心がいったのか、リックスは同情するような視線をシンに向けると、すぐに王女に向き直った。

「姫様、ともあれ一刻も早く城へお戻りください。陛下も大層心配しておられますゆえ」

「でも……うん、わかったわ。お願いしていた敷物を少しでも早く見たかったのだけれど、これ以上ワガママは言えないわね」

「あ」

不意に漏らしてしまった声に、シンは慌てて自分の口を押さえるが、しかし時は既に遅かった。

「む、その方どうした、声など出して？」

「いえ……その」

「あ、あの！　私たちがその依頼を受けた冒険者なんです……」

エリスがトドメの一言を口にする。案の定——

「まあ、なんてことかしら！　エリスと勇者様は私たちの命を救うだけでなく、お願いまで叶えてくださっていたなんて！　こんな偶然！　いいえ、これはもう運命だわ！」

結果、シンとエリスは王都へ戻る王女たち一行に同行、とても丁重に扱われることになった。

……とはいえ、荷馬車に同乗するエリスはともかく、シンは騎士リックスの騎乗する馬に相乗りさせられるという、じつに心休まらない旅路だったとか……

ちなみに、荷馬車に積まれているギガントボアの敷物を見て「キャアアア♪」と、歓喜の声をあげる王女の姿に、騎士リックスとシンは揃って驚愕の表情を浮かべた。

■

「――もうホント常識がなくて大変なんですよ！　この前オークを倒したときなんか……」

「まあ、あの恐ろしい魔物を⁉　シン様はやっぱりスゴイのね！」

「姫様……そのように身を乗り出して、はしたのうございますよ」

女三人寄れば姦しいとはよく言ったもので……、
あれからシンとエリスは、王女奪還の功績により国王への謁見が許され（無論、拒否権などない）、準備が整うまで応接室で待たされていた。だが、そこへなぜか王女が侍女を伴って訪れると、エリスの語るシンの武勇伝（？）に華が咲く。

果たして、いつの間にそこまで仲良くなったのだろうか。

（お願いだからもうやめて、俺のライフはゼロよ！）

当のシンといえば、こちらは三人娘から少し離れた場所で、これまた護衛でやって来たリックスとの会話の最中だ。

ただ、茶を用意された卓に腰かけているのはシンだけで、リックスは横に並ぶように立ち、シンの頭上から声をかけてくる。

「……ふむ、冒険者でもなければ職業ギルドにも未加入とな？　全くもって怪しい限りよ。おぬしもそう思うであろう？」

「自覚はしておりますよ、これでも。しかしながら……」

「なに、間者や密偵の類ならもう少しましな経歴を用意するものよ。その辺では疑っておらん。ただ……色々と不便であろう？」

「自分で決めた生き方です、そこは甘受いたしますよ」

冒険者登録しているエリスはともかく、モグリの薬師を最初から信用する人間は少ない。探りを入れるリックスも王女の命の恩人なればこそ、その身辺に問題なしとの確信が欲しいようだ。

とはいえ、お世辞にも話し上手とは言いがたいようで、会話はすぐに途切れてしまう。シンは、話の種を探すリックスへ助け舟を出すように、現在の国情と帝国の様子について質問をする。

「そうさな、事の起こりは七年ほど過去にさかのぼる」

騎士リックスは語る――

七年前、まだ帝国との関係が良好だった頃、帝都で第三皇子の誕生日パーティーが行われ、そこへ国王は当時八歳のアルミシア王女を伴って参加した。当時は何もなかったのだが、それからしばらくして、帝国から皇子が王女に一目惚れをしたとのことで、王女と皇子の婚約の打診が来た。

中央大陸全土に覇を称える大国の皇子と、南大陸の小国に過ぎないアトワルド王国の姫君。

両者の婚姻など常識としてありえない。そんな異例とも言える帝国からの申し出を、王女を溺愛していた国王は事もあろうに一蹴する。

当然、帝国はこれに激怒する。

後にわかったことだが、この第三皇子、容姿もさることながら、文武両道ですこぶる出来が良く、民衆の人気もかなり高かった。

当の皇子は、申し出を断られたことを残念に思うも、恨み言をこぼしたりはしなかった。

しかし、その姿が逆に帝国のプライドに火をつけた。

いずれ帝国の要となるであろう皇子からの申し出を、たかだか一小国ふぜいに袖にされ、『帝国の顔に泥を塗られた』と鼻息の荒い貴族の一派が決起――

これが巷で流れる話とは大分違う、六年前にとある港町を滅ぼした、口にするのも恥ずかしい戦の真相であった。

「――戦争の原因が王女様の輿入れ問題ですか……さしずめ王女殿下は傾国の姫君で

すな」

シンの口から漏れる声に抑揚はなく、またその顔も能面を張りつけたように無表情だった。

「怖い顔だな……怒っておるのかの？」

「いいえ……ただ、失礼を承知で申させていただければ、いささか呆れております。断るにしても、もう少し作法というものがありましたでしょうに」

返答ひとつで町ひとつ——口の端を少し上げ、吐き捨てるようにシンは呟く。

そんな王国批判にも等しいシンの物言いと態度だが、それに対してリックスは、眉を顰めながらも諫めようとはせず、話を続ける。

「傍から見ればそうかもしれぬな……言い訳にしかならぬが、そのときワシらは第三皇子のことを何も知らなかった。その代わり、二人の兄については多少なりとも噂で知っておってな、まあそれが不幸といえば不幸でな——」

伝え聞く話によると、帝国の第一皇子は凡庸、なれど第二皇子は救いようのないクズで、権力を笠に着てやりたい放題。弄ばれた女性の中には貴族の子女もいるらしく、帝国内でも鼻つまみ者の扱いなのだという。

そして、第一皇子は皇帝の第一夫人の子、第二皇子と第三皇子は第二夫人の子とのこと——そんな、王女に婚約を迫ったのはあの第二皇子の実弟だという事実だけが、王国に伝わってしまった。

国を継ぐ王子はおれどもたった一人の姫君。それを下種の同類のもとに嫁がせてなるものかと、国王以下、重鎮連中も強硬な態度で臨んだという。

帝国側も、そんな憶測だけで第三皇子を侮辱する王国の態度に激怒し、後の悲劇に続くこととなる。

誰も救われない話だった――

「問題はここからじゃ……実は帝国の奴ら、またしても姫様に求婚してきおっての」

リックスは途端に渋面になる。誤解は解消され問題はないはずなのに、その表情は険しい。

「今度はお受けするのでしょうか。問題はないようにお見受けしますが？」

「ハッ！　申し込んできおったのは第二皇子よ！」

大ありだった。

「それは、また……」

「あの色狂い！　美しく成長なさった姫様のことを出入りの商人にでも聞いたのか、第三皇子がイヤなら自分のもとへ嫁げとぬかしおった！　どこまでも不愉快なゴミよ！」

（帝国の皇子に向かって言いたい放題だな。まあわからんでもないが……）

シンはそっとため息をつく。

「なるほど、停戦協定によって矛を収めたとはいえ、心証のよろしくない相手国の王女に第二皇子が目をつけた。帝国としては、皇子の餌食としてこれ以上ない相手というところでしょうか？」

「……そういうことよ、忌々しい！」

そう吐き捨てたリックスは、離れた卓で楽しそうに会話する王女の姿に目を細め、悔しそうに歯を食いしばると、拳を強く握り込む。

（なるほど。帝国の奴ら、王国が申し出を断ることを前提で、戦の準備をしてやがるのか……しかし――）

「……なぜ、そんな大事な話を私ごとき流れ者に？」

シンは新たに生まれた疑問をリックスにぶつける。

「なに、これよりおぬしは陛下に謁見する、そのときに話されるであろうことを先に話したまでよ」

「？　なぜそのようなことを陛下が私にお話しになると？」

「当然、陛下がそなたに頼み事をする際、事情を知ってもらっておいた方がよいからよ」

それを聞いたシンは、途端に渋面になる。

「これ、そのような顔をするでない。そもそもおぬしが聞いてきたことであろう。ワシは聞かれたことに答えただけじゃぞ？」

既に老齢にさしかかり、白髪の交じった髭を蓄えた騎士は、そんなシンに向かって、まるでイタズラが成功した子供のようにニカッと、邪気を感じさせない笑顔を見せる。

王女の護衛を務める騎士など、どうせ融通の利かない頑固者だなどと勝手に思い込んでいたシンは、十二分に食わせ者だった老騎士にまんまと乗せられたようだ。

「──左様でございますか……」

心の中で白旗をあげるシンは、すぐに頭を切り替え『国王の頼み事』とやらに思いを馳せる。

(予想はつくんだが、さてどう対応したものか……)

「──それでですね、アイツったらとんでもなく辛い粉を‼」

楽しそうなエリスが、シンは少しだけ恨めしかった──

■

「──面を上げよ」

シンとエリスの耳に届いた国王の声は、とても穏やかなものだった。

謁見の間に入った二人は、儀仗兵が整列する間を抜けて玉座まで続く階段の手前、赤絨毯の上に膝をつく。ほどなくして国王が入来した。

本来なら、玉座に座る国王に向かって文官が一方的に喋り、国王はそれに鷹揚に頷くというやり取りが続く。最後にようやく、王女救出の功績ならびにギガントボアの毛皮の報酬として、金貨二五〇枚が二人の前に用意される。そして国王が退出するまでその場で控える――それが恩賞授与の流れなのだが、国王はそんな慣例を破り、二人に声をかけた。

「まずはアルミシアを救ってくれたこと、礼を言うぞ」

「――もったいなきお言葉」

「あれはワシが年を取ってからできた子でな。後に二人の男子も生まれたが、老いてから生まれた初めての、しかもたった一人の娘とあっては、可愛くて仕方がないのだ」

そしてひとしきり愛娘の自慢が続く。

初めて話を聞くシンが内心勘弁してくれと思う中、国王の演説を周囲の誰一人として苦痛に感じていないのは、それだけ王女が国民に愛されている証でもあった。

「それを、よりにもよってあの！　帝国の第二皇子が！　ワシの可愛いアルミシアを、我が妻に、などとぬかしおる‼」

しかし、話が第二皇子の件まで進んだところで国王が突如豹変した。立ち上がり、額に血管を浮き上がらせながら、とても齢六〇を超えた老人とは思えない剣幕で第二皇子を罵ると、側仕えに支えられて玉座に座りなおす。

「――驚かせて済まぬな。彼奴めのことは、口の端にのぼらせることすら厭わしいのだ」

「いえ、私は妻も子も持たぬ身でありますが、もしも自分にとって大切なものが理不尽な目に遭う——考えたくもないことです」

シンは頭を下げると、国王の言葉に倣う。そこには追従ではない本気の感情が窺えた。

「そうか、ならばこれから告げるワシの頼み、できることなら聞いて欲しい。なに、無理強いするつもりはない」

気をよくした国王はシンにそう告げる。もっとも、権力者からの『頼み』など命令と同義で、とうてい断れるはずもないのだが。

「は……して、頼みとは？」

「そのほうがめっぽう腕の良い薬師であるとの報告を受けておってな。聞けば、かの街でそなたの売る薬は常に品切れの状態なのだとか」

（まあ、その話だろうな……）

シンは、予想通りの展開に軽く失望を覚えるも、表情には出さず大人しく聞いている。

国王は続けた。

「聞けば、そなたはギルドに属さず独学で、ギルド製のものよりも質のよい薬を生み出したと。まこと優秀なものよ」

「恐れ入ります」

「声色が固くなったの……安心せい、そなたが何故ギルドに入らず、また冒険者にもならぬのか、詮索などせぬし、ワシには関係のないことじゃ。よいか、この国は遠からず、帝国と再び戦うことになろう。そのときのために、そなたの薬の製法を教えて欲しい。むろん報酬はそなたの言い値を払おう」

予想通りの展開と予想外の提案に、シンが思わず顔を上げたとき——

「お待ちください‼」

国王の言葉を遮るように、一人の男が国王とシンの間に割って立った。

「ギュンターか……どうした？」

「恐れながら陛下、無頼の者を相手に言い値で払おうなどと、どんなふざけた金額を提示するかわかったものではありませぬ。このような輩は、陛下のご温情をこれ幸いと、最初に法外な値をつけ、その後、高値ではあれど法外ではない金額で手を打っておきながら、後で巷に吹いてまわるのです。『言い値と言っておきながら、散々まけさせられた』と」

初めて会ったばかりの人間の人物像を想像、いや妄想でよくもここまで喋れるものだと、シンは呆れるとともに感心する。

「よさぬかギュンター。シンはアルミシアの命の恩人であり、優れた薬師であるぞ」

「わかっております。なればこそ、この者が不埒な欲に駆られぬよう、以後の話は私の方からさせていただきとうございます」

男——ギュンターは、国王に向かって恭しく頭を垂れた後、シンに向き直って語り出した。

「シンとやら、私は王都の錬金術ギルドでギルドマスターを任されておるギュンターである」

「……これはこれはご丁寧に、旅の薬師にして無頼者のシンでございます」

かけらも親しみを覚えない声で自己紹介をする二人に、横にいるエリスは鼻白み、国王は眉を顰める。しかし当事者の二人が気にすることはない。

「先ほど陛下も仰っておったが、そなたの体力、ならびに魔力回復薬の製法を開示してもらいたい。むろん、ただではない。こちらから適正な報酬は払わせてもらおう」

「ほう……適正と仰いましたが、いかほどになりましょうか？」

「むろん、レシピをこちらが吟味して、私が妥当だと判断した額だ」

「話になりませんな。金額の提示もせずまずはレシピを教えろなどと、気は確かですかな？」

「無礼な！　レシピも見ずに金額など決められるはずもなかろうが！」

「薬の価値はレシピではなく効能によって測るべきでしょう。私の回復薬にいくらの価値をつけるのか？　話はそこからですよ、ギュンターどの」

シンは跪いたまま、しかし小馬鹿にした目つきでギュンターを見上げながら、物わかりの悪い子供を諭すように語る。

片やギルドマスター、片や旅から旅への風来坊。立っているギュンターと跪いたシンの姿が表すように、どちらの立場が上かは一目瞭然。にもかかわらず、目の前の男は一歩も引かず、それどころか見下されたと感じたギュンターの顔は、赤を通り越して血の気の引いた青になる。

「――双方ともそれまでにせよ。ワシの前でこれ以上の揉め事は許さぬ！」

さすがに見咎めた国王が一喝すると、二人は黙ってかしこまる。

その様子に国王は頷いた。

「済まぬなシンよ。こちらは頼む立場であるのに、そなたを不快にさせてしまったようじゃ」

「陛下‼」

「そなたはもう黙れ。ワシはシンと話しておるのだ……重ねて済まぬな。どうであろう、頼みは聞いてもらえぬだろうか、先にも言ったとおり、報酬は言い値で構わん」

国王のあくまで下手に出る態度に、シンも思案顔になる。

下の者が恫喝なり騒ぐなりして威嚇したのち、上の立場の人間が礼儀正しく接する。表裏を問わず、組織と個人の交渉事には付き物の寸劇である。

後になってシンもそれに思い至ったが、このときはギュンターの怒りが本物だったことと、国王によって不快のもとが排除されて気が緩んだこともあり、上手く誘導されたことに気付かなかった。

「――なれば陛下、製法一つにつき金貨一〇〇枚、計二〇〇枚をいただきとうございます」

「キサマ、言うに事欠いて‼」

興奮するギュンターを無視してシンは続ける。

「陛下は先程、国の宝にも等しい王女殿下救出の褒美として金貨一〇〇枚をくださいました。私の薬で兵士の被害が減るというのであれば、それは国家にとって同等の功績ではないかと具申いたします」

「なるほどのう」

言い切ったシンは、そのまま返事を待つように頭を垂れる。

何か言いたげなギルドマスターを国王は手で制すると、シンに向かってゆっくり話す。

「あいわかった、そなたの希望通り金貨二〇〇枚払おう。しばし待つがいい」

やがて、金貨の詰まった袋がシンの前に置かれる。これで合計金貨四五〇枚、前世の感覚で言えば四五〇〇万円が報酬として渡されることになった。

シンとエリスの二人は頭を下げ、このまま国王が退出するのを待つ――が。

「――ああ、そういえば」

玉座についたままの国王は、何かを思いついたように話しはじめる。

「先の報酬についてだが、確かに兵士は国を護る盾であり剣、アルミシア救出の報酬と同等の価値を持つという言葉は間違ってはおらぬ。しかし、二つの回復薬を使うのはそれぞれ魔道士と兵士に分かれるのに、二種類あるから倍の金貨二〇〇枚というのは、果たしてどうなのであろうな？」

そう告げられたシンは、バツの悪そうな表情を浮かべる。レシピを公開する以上、今後は安定収入にならないと踏んで吹っかけたのだが、欲をかいたシンの失態だった。

「それは……」

「よい、気にするな。製法の開示により、今後の収入に対して不安を覚えるのは理解できることよ。ただ、それでは納得せぬ者も出るやも知れぬ。そこでじゃ、返せなどとは言わぬが代わりに一つ、そなたに仕事を依頼したい」

そう告げる国王の顔には笑みが浮かんでいた。

その笑顔によくないものを感じたシンだったが、断る選択肢は用意されていない。

「依頼、でございますか……？」

「うむ、此度のことで我が国に対して帝国の手が伸びてきておるのは確実じゃ。しかし、帝国軍を集団規模で目撃したという報は届いておらぬ。中央大陸との境界から軍が侵攻してきたという話も聞かぬでな」

――この世界は、正方形状の五つの大陸と、その周囲に点在する大小様々な島からできている。世界の中心に大きな正方形の大陸が四つの角を東西南北に位置するように存在し、その角にそれぞれ、中央の大陸より二回りほど小さい大陸が、角をぶつけ合うように繋がっている。

中央大陸と、その四方に位置する東西南北の大陸、正確には地続きの一つの巨大な陸地なのだが、便宜上、南大陸、またはサザント大陸という名で呼ばれている。

各大陸は山脈で遮られており、大陸間を渡るには山脈を越えるか、いくつかある街道を通らなければならず、それらは全て周辺国の監視下に置かれている。

「陸路でなければ当然海路を疑うべきなのじゃが、そちらも収穫はなしじゃ。船が着けられそうな場所は限られるとしても、なにせ広いでな」

「……私に帝国軍の動向を探れ、と？」

あまりにも大雑把な依頼としか思えない。シンも訝しげな表情を浮かべた。

「形の上だけの依頼じゃと思ってもらって構わんぞ、軍からも斥候は出しておるでの。馬も貸すので適当に海岸周りを見てきて、気になることがあったら報告してくれればいい。ともかく情報が欲しいのでな」

国王の言葉を聞いたシンは、口に手を当て思案にふける。それは返答を悩む顔ではない、何かに思考を取られている顔だった。

しばらくして――

「陛下の依頼、謹んでお受けいたします」

シンは、その瞳に強い意思を宿し、はっきり答える。

「おお、そうか！　ではシンよ、よろしく頼むぞ――」

その後、別室にて回復薬のレシピを渡したシンは、エリスとともに王城を後にした――

……のだが。

「…………………」

「どうしたの、シン？」

「……ああ～、やっぱり嵌められた！」

一般居住区に戻ったシンは、人目を憚ることなく頭を抱えて呻き出す。

今更ながらに回復薬のレシピを渡したことを後悔しているようである。

「……一杯食わされたってこと？」

「そうだよ！　だいたいギュンターだっけ？　あの場にあの男がいる時点でシナリオができてんだよ‼　――ったく、レシピが欲しいからって国王まで動かすか、普通⁉」

「で、でも、陛下も仰ってたように、近いうちに帝国が戦争を仕掛けてくるなら、シンの回復薬は必要になるんじゃない？」

エリスの言うとおり、疲労が蓄積する従来の薬では、戦という長丁場を乗り切るには難がある。

魔法での回復支援も、頻度が過ぎれば、今度は魔道士が薬の副作用で使い物にならなくなる。

「ふう……やっぱ長居しすぎたかな」

そばにいるエリスにも届かないほどの小さな声でシンは呟く。

「――え、なに？」

「なんでもない……ただ、こういうときはおっちゃんをからかうに限るんだが、と思ってさ」

残念ながらここは王都で、オモチャはいなかった。

「そういえばシン、どこに向かってるの？」

「ああ、ちょっと、その先の神殿に」

「………………は？」

あまりの衝撃に、エリスは立ち止まり、口をパクパクさせながら、目を大きく開いてシンを凝視する。

「……どうした、エリス？」

「シン、ゴメン、あなたが何を言ってるのかわからない……」

じつにナチュラルにディスられたシンは、眉を顰めつつエリスに抗議する。

「エリス——まるで俺が神殿に用があったらおかしいみたいじゃないか？」

「アンタねえ……自分の胸に手を当てて考えてみなさいよ」

シンは自分の胸に手を当てると、しばし目を閉じ、そして——

「……なんで俺が神殿に用があったらおかしいんだよ？」

「ゴメン、あなたが何を言ってるのか本当にわからないわ……」

通じ合えない二人だった。

「失礼だなエリス、これでも俺は女神様の敬虔な信徒だぞ。礼拝に行こうとして何がおかしい？」

間違いではない。シンは確かに、女神ティアリーゼによってこの世界に転生を果たした男だ。女神とシンの関係性は、そこいらの連中とはそれこそ次元が違う。

しかしながら、それを理解してくれる人間はこの場にはいない。

「つくづく非常識よね、シンって。ギルドには入らないくせに神殿には通うの？」

(神殿は俺のステータスなんかに興味ないからな……別のことに興味津々過ぎて)

「いいだろ別に……そうだ、エリスも来るか？」

「——‼　あっ……私はいいわ、そういえば行くところがあるの！」

エリスはそれだけ言うと反対側へ走り去る、露骨なまでの不自然さを隠そうともせず。

シンはそんなエリスの後姿を眺めながら、

「……まあいいか」

と、彼女とは反対側の方向に歩き出す——目的地の神殿へ。

■

「——ようこそ使徒様‼」

自分に対してかけられる歓迎の声に、シンは微笑みを返しつつも内心苦々しく思う。

王都に設けられるに相応しき豪華さを誇る神殿。その入り口にて巡礼者の証である聖印を見せたシンは、少しの時間待たされた後、奥の間へと案内された。

執務室らしきそこでは数人の神官、そして明らかに高位の者とわかるローブを身に纏った、三〇半ばの女性がシンの来訪を歓迎する。

「あ〜、歓迎されるのはありがたいのですが、できれば仰々しいのは……」

「はい、承知しております。本来ならば使徒様の来訪に際し、祭壇を前に神殿勤め総出でお迎えすべきところ、このような狭い執務室での密かな応対、心苦しく思っております」

会話が噛み合わない、というより、なぜかシンが責められる感じの流れになっている。

——というのも、数年前までシンは、転生前に貰ったクリスタルを使って、定期的に女神たちと交信をしていた。

　それがある日、特定の神殿を経由すれば、精神だけを彼らのところまで送ることが可能だと、エルダーに教えられた。直接会うのは死後、天上に昇ってからと思っていたシンも、まあ一度くらいはと神殿に赴き——結果、安易な行動を激しく後悔することになる。

　なぜかテンションの上がったティアによって、来訪は事前に神殿側に知らされ、おかげでシンは周辺に着いた時点で神官たちに捕捉され、神殿で下にも置かないもてなしを受けることになった。

　その後、ティアたちとご対面する頃には、シンはすっかり風呂上がりの子猫よろしくヘロヘロになっており、当然のごとくエルダーの爆笑をもって迎えられたという。

　拗ねたシンがそれ以降神殿を避けるようにしていると、今度は再三再四クリスタルからの催促、加えて神殿側にわざわざシンの現在地をリークする事態になった。そのため、なるべくひっそりと、という条件を神殿側にも徹底してもらうことで、現在のような神殿詣でになったのだ。

　ただし、最初に赴いた神殿だけ特別扱いされたとの不満が、それぞれの神殿にはあるようだが。

「——早速ですが、構いませんか？」

「‼　そんな、このような場所でですか⁉」

　真ん中の女司祭——この神殿の責任者が驚きの声を上げる。

「我らが女神様は豪奢な場でなければ降臨しないなどと俗なことはおっしゃいませぬ。むしろ、己の信徒が真摯に務めを果たす場所こそ、相応しき場として望みましょう」

耳当たりの良い文言をシンが並べたてると、感極まったように皆その場で膝を折り頭を垂れた。

シンは聖印とクリスタルを床に置き、跪く――

――――――――!

虹色に輝くクリスタルから発せられる光が執務室の天井に当たると、呼応するように天井全体が光輝き、やがて半透明の一人の美しい女性が、長い髪をたなびかせながら姿を現す。

「「おお――――」」

その場に居合わせた司祭、神官たちは、信仰の対象が目の前に現れたことに感動し、涙を流しつつも御姿を目に焼きつけようと見つめ続ける。

『――久しぶりですね、息災にしていましたか?』

「は――わが身はティアリーゼ様の加護のもと、つつがなく日々を過ごしております」

『そうですか、ですがくれぐれも無理はせぬよう――あなたたちも、日々の修行と功徳に励んでいるようですね、善きことです』

「!! ――わ、私どものような末席に身を連ねる者にまでお言葉を!?」

『フフフ、私の教えを守る可愛い子たちに優劣などありませんよ――この者の精神を我がもとへ連れていきます、その間無防備になる身体を見守っているように』

ティアがそう告げた次の瞬間、シンの周囲は光に包まれる――

■

――光が消えると俺の精神はいつもの、様々な世界が眼下に広がる不思議な空間に立っていた。

「……毎度のことだが、女神様の威厳はすごいな」

「そうでしょう。私の素晴らしさが再確認できましたか！　私は偉いんですよ、エッヘン‼」

それがダメなんだとわかってくれまいか、天然女神様よ。

神域に来たこともあってとりあえず、信者の前での堅苦しい話し方から、普段のものに戻す。

信者の前でティア相手にタメ口をきくわけにはいかないが、神域に来てまで畏まった話し方をすると、今度はティアとエルダーが拗ねる。まさか転生後に中間管理職の苦労を味わうとは……

「それでどうですか、最近の様子は？」

「どう、と聞かれてもな……今立ち寄ってる国が戦争になりそうなくらいで、相も変わらず人間は一生懸命生きてるよ」

そう、何も変わらない。日々の糧を得るため働き、助け合い、時には奪い、救い、誰かを利用し、生かし、殺し……誰も彼も必死に生きている。

「ヒドイ顔をしてますよ。辛いことでもありましたか？」

……天然は嫌いだよ、無駄に察しがいいからな。

「別に、辛くはないさ。ちょっとイヤなことがあっただけだよ」

俺はティアに謁見の間でのやりとりを事細かに話した。他意はない、まあ誰かに愚痴りたかった、それだけだ。

ティアはそんな俺の話を嫌な顔一つせずに聞いてくれた。ホント、こういうところは女神様だよ。

「そうですか……国王も遠回りなことをするものですね。真摯に頼めば薬の作り方くらい、シンなら喜んで教えてあげるでしょうに」

「教えねえよ！　俺をどこの慈善団体の回し者だと思ってんだ？」

「いいえシン、あなたならきっと教えていましたよ」

──ちっ、これだから天然は……

「フフ、険のとれた良い顔になりましたね、なにか飲み物でも出しましょうか？」

精神体ではあるが、その気になれば飲み食いはできる。ここは神域、いわばなんでもありだ。

「別に腹は減ってないからいいさ。それよりエルダーの姿が見えないが？」

またアニメか？　それとも新作ゲームか？　あの暇神が来ないとは珍しい。

「お父様の都合は私もわかりません、どうせすぐに参りますわ」

……いつの世も、娘は父にぞんざいだな。まあ俺も同意見だ。

「だろうな……それならアイツが来るまで、ティアに膝枕でもしてもらって待つとするか」

「ひゃうっ⁉」

ひゃう？

「はわ、はわ、はわわ……」

ティアの動揺が尋常じゃない、どうした？　膝枕発言がそんなに衝撃的だったのか？

小粋な冗談のつもりだったんだが、まさかウブなネンネ（死語）じゃあるまいし。

「ひゅわあああああああ‼　ジュリエッタ！　ジュリエッタ！　どうしよう⁉」

錯乱したティアは、後ろに控えている従者――生前は高位の司祭だった者だろう――に半泣きでしがみついた。

「シンに求婚されちゃったあ‼」

――――待てや。

「チョット待て！　いつ俺がティアにプロポーズした⁉」

「だってだってお父様が！　男が結婚を申し込むときの言葉は『キミに膝枕して欲しい』だって‼」

お前か！　またお前なのかエルダー⁉　イヤ、お前しかいねえだろうよ！　こんなくだらねえトラップ、ピンポイントで仕掛けやがって‼

「どうしようジュリエッタ⁉　人間と神が結婚って、どうすればいいの？」

「……落ち着いてくださいティアリーゼ様、膝枕は求婚の申し出に使われる言葉ではありません」

冷静な従者さん、マジありがとう！

「ほ、本当に？」

「本当です、膝枕云々(うんぬん)の発言は、仲睦(なかむつ)まじい男女がキャッキャウフフ、イチャイチャするときの符丁(ふちょう)（合言葉）です」

――従者ぁ‼

「ひゃあああああああ‼」

「違う、全面的に違うから！　ティア、誤解だから！」

「ふ、ふぇ？　ご、誤解？」

「ああ、誤解だ、だから少し落ち着……」

「シン殿、誤解とはどういうことですか？　ティアリーゼ様をティアなどと親しみを込めて呼んでおきながら、まさかティアリーゼ様を愛していないとでも？」

今問題にするのそこじゃねえだろ⁉

「待て、色々と話がおかしい。そもそも人間と女神で愛し合うとか無理な話だろ？」

「何を言うかと思えば、あなたの元居た世界では、そのような逸話はいくらでもあったではありませんか、神話とか……マンガとかラノベとか」

――アンタもそっち側か⁉　染まったんか‼

「エルダー‼　隠れてんじゃねえ！　いるんだろ、出てこい！」

「ダメじゃないか、シン。そこは『エルダー！　きさま！　見ているなッ！』って言うところ」

そんな台詞を発しながら、何もない空間からヌルッと出てくる最高神。毎度々々お前は……

「うるせえ！　ティアにいらんこと吹き込んだり、そこの従者にいらんこと布教したり！　最高神の自覚があるんなら、少しはそれらしい振る舞いでもしやがれ‼」

そう言い放った瞬間、鼻先が当たりそうな至近距離までエルダーの顔が近付き――

「やだ」

笑顔で返された。

「…………………」

「やだ」

「…………………」

……くそう。

「もういいよ、お前はそういう奴だよ、ったく……」

「はっはっは、失礼な信者もいたもんだ。どう思う、ジュリエッタ?」

「そうですね、下界の……そう、エリスと申しましたか、彼女も、シン殿に対して今のシン殿と同じ感情を常に持ち合わせているかと」

ぐはっっっっ‼

「そういえば、シンのそばにいる娘は事あるごとに眉間にシワを寄せていましたね。ダメじゃないですかシン、女の子にあんな表情をさせては」

立ち直ったティアにまでダメ出しをされた。

俺はこの場にいないエリスに対して土下座、そして心からの謝罪をする。マジスンマセン。

「それでシンく〜ん、僕がなんだって？」

「……少しは神としての自覚をお持ちになられた方がよろしゅうございますねえ、最高神様？」

「絶対にめげない、そんな君がボクは好きだよ♪」

うるせえ……

「それにしてもシン、なんというかアレだねえ、それどこのギャルゲ？　って言いたくなるくらいに、女の子のフラグ立てまくってるねえ。ワザと？」

「なわけあるか！　こっちは困ってんだよ。おかげで戦争に巻き込まれそうだわ！」

「だったら無視して逃げちゃえば？」

「それは……」

「できないと思ってるのなら、自分の意思でやりたいこと、やるべきことをしないと、また後悔することになるよ」

「……わかってるよ」

嘘だな、このままじゃ俺はあのときみたいに、また何もできずに終わるとこだったかもしれない。

流されるんじゃなく、自分の意思で、か。

「……エルダー」

「ん？」

「ありがとよ……」

「ん～？　なにかなぁ？　よく聞こえなかったよ～」

　くそ、だからコイツは……！

「お父様、シンをあまりいじめちゃダメです！」

　俺とエルダーの間に、ティアが割り込む。その姿はまるで兄弟喧嘩（げんか）を止める姉のようで、なんとなく情けないものがある。だって、ティアが俺に背を向けてるってことは、俺が守られてる側じゃん！

「シンはちょっと天邪鬼（あまのじゃく）なところがあるんですから、そんな言い方だと拗（す）ねてしまいますよ！」

　そしてうるさいわ！　フォローのつもりで追い討ちかけんじゃねえよ！

　しかし、ティアよ……

　俺の前に割り込んでエルダーと向き合ってるってことはだな、お前は俺に背を向けているわけで。その上、エルダーと同じ目線になろうと前かがみになっているってことはだな、お前は俺に向かってお尻（しり）を突き出しているわけで。……ティア、お前いつもの薄着だから見えそうなんだよ、色々と‼

　見たい！　イヤ見たく……ウン、見たくなんか……そんな俺の葛藤（かっとう）に気付いているエルダーは、これまたニヤニヤと俺を挑発する。やむなく目を逸らした視線の先には、ジュリエッタさんとやらが興味深そうに俺を観察している。おいアンタ、ティアになんか言ってやれよ、従者だろ？

「――だいいち、シンはホントは困ってる人を放っておけない優しい子なんですから、何も言わず見守っていればいいんです！」

――なっ⁉

か、勝手なこと言うんじゃねえ、誰が優しい子だ、誰が‼

ギュムウウウゥゥ‼

「ひにゃあああああああ‼」

目の前にある尻を思い切り掴むと、ティアの口から可愛らしい悲鳴が上がる。

脱兎のごとく逃げ出したティアは、ジュリエッタの後ろに身を隠した。

「シンのバカーー‼　エッチーーー‼」

「うっせえ！　誰がホントは優しい子だ！　お前は俺のオカンか⁉」

ちょっとだけ名残惜しそうに（ホントにちょっとだけだぞ！）、右手をワキワキさせながらティアに向かって悪態をつく。だ・か・ら、ニヤニヤしてんじゃねえよ、そこ！

「帰る‼」

「シンのバカーー‼　どっか行っちゃえ‼」

言われんでも帰ったるわ！

「シンがいると賑やかだねえ、ホント」

うるせえ！　ったく、毎回こうだよ、ここに来ると。

■

「――お目覚めですか⁉」

ゆっくり目を開けるシンに向かって、女司祭が声をかける。さすがに床にそのままというわけにはいかなかったのか、彼の身体はソファーに寝かされていた。

シンは、身体の感覚を確かめながら起き上がると、跪いたままの姿勢で横に控える女司祭に立ち上がるよう促す。

「どうぞお座りください――手間を取らせたようですね」

「そのような！　むしろ神聖な儀式の場に立ち会えたことを皆、喜びに打ち震えております」

（……スンマセン、向こうでは神聖なことなどこれっぽっちも……）

目の前の女性の真摯な態度に、脳裏に焼きついた扇情的な姿と手に残る感触を必死で記憶の箪笥に押し込んだシンは、少しだけ表情を引き締めた。

「司祭殿、いくつかこの国について聞きたいことがあるのですが……」

第二章　置き忘れていたもの

——四頭の馬が、背に人を乗せ街道を走る。

シンとエリス、そして王国軍に所属する偵察兵二人の計四人は、ポリフィアの街を抜けて北東へと馬を走らせていた。

「シン、本当にこのまま行くの？」

「ああ、行き先はタンギルの町だ」

港町タンギル——小さな港町だが豊かな漁場に恵まれ、また、最高品質の真珠が採れる養殖場を秘匿しており、アトワルド王国の重要財源の一つだった。六年前、帝国と王国間の戦で滅びる。

「シン殿、あの町は現在、海魔の棲息地になっております」

王国兵がタンギルの現状を説明する。

王国と帝国の戦によって六年前、タンギルの町は滅びた。その際、岩礁などが破壊されたせいで潮の流れが変わり、豊富な漁場は失われ、代わりに海魔が棲みつくようになった。兵士は、仮に帝国が軍船で押し寄せようと、上陸前に海魔に襲われるだろう——と締めくくる。

しかしシンはその説明に異を唱える。

「だけど、王国に攻め入るだけの軍を海路で運んでくるなら、あの町が最適だ」

だから帝国は六年前あの町を攻めた。王国侵攻の橋頭堡とするために。

——結果は、お互い得るものもなく、一つの町が無駄に滅びただけだった。

「監視役からの定時連絡は？」

「何も問題はないとのことですが、まさかお疑いで？」

「裏切ったか、殺されて帝国兵が成り済ましているか、可能性はあると考えてるよ」

王国兵二人は不愉快そうに顔を顰める、身内を疑われているのだから当然の反応といえる。

だが実際、王国領内で帝国兵の姿が散見されている。なのに拠点はいまだに見つからない。

見つかっていない可能性よりも、裏切りの可能性をシンは選んだ。

さして重要と思われていないのか、タンギルの町に棲む海魔を監視する兵士は一ヶ月交代で任に就くらしく、同行している王国兵は今回の交代要員でもある。

「仮に裏切りがあったとして、最悪一ヶ月の間、帝国は自由に動けたってこと？」

「二ヶ月だエリス。前任者が裏切り、今の監視役は帝国兵に取って代わられている、これが最悪のパターンだな」

符丁は相手に筒抜け、裏切り者は雲隠れ、現地では帝国が準備万端、憂鬱な話である。

「そんなことあるはずがありません！　我ら王国軍に裏切り者がいるなど‼」

「ああ、俺もそう思ってるよ、裏切りなんて割に合わないからな。悪いな、変なこと言って」

愚直という言葉が似合いそうな兵士に対して、シンは素直に詫びる。

愚直な兵は素晴らしい。上が適切な指示さえ与えれば暴走することなどないのだから。

(だけどな、裏切りには、人間性も、ましてや自分の意思すら必要ないんだよ……)

シンは確信を持ちながらも、その言葉を胸に収めて馬を走らせる。

――やがて四頭の馬は、かつては街道として使われていたであろう、荒れた道に辿り着く。

まばらに生える草の間に見え隠れする轍の跡は、そこに人の行き来があった時代を思いおこさせる。

それから日も暮れかけた頃、シンたちは視界の先に丘を見つけた。

あれを越えた先がタンギルの町――つまり、監視役は普段あの近辺に潜んでいるはずだ。

王国兵の二人が先導し、シンとエリスがそれに続く形で丘を目指していると――

「……ああ、交代だ。……ん、イヤ、違う、彼らは敵ではない」

兵士の一人が、通信用の魔道具で誰かとやり取りをしている。付近に身を潜めている偵察兵とであろう。会話の内容から、四人のことは既に捕捉されているようだ。

「ああ、わかった……みんな、ここで待機だ」

指示に従って馬から下りて待っていると、丘の向こうから一人、そしていつやり過ごしたのか、背後から一人が近付いてきた。

「……やれやれ、やっと交代か。それで彼らは？」

「ああ、各地を回って帝国の動向を探るようにと、陛下直々に命じられた冒険者だ。かなりの使い手らしいぞ」

兵士の言葉を聞いたシンは、スッと顔を逸らし遠くを見る。能面のように無表情になったシンを見て、エリスは苦笑を堪えられなかった。

「……そうか。しかしここはご覧の通り問題なしだぞ？　無駄足だと思うが」

「ああ、それならそれで構わないよ。なにぶん自分の目で確認しないと気が済まない性分でね。別にあんたたちを疑ってるわけじゃないから、気を悪くしないで欲しい。明日、明るいうちに町の様子を見たらすぐ他所に移るからさ」

「慎重だな。とはいえ冒険者なら当然か。まあ俺たちもその程度のことで不機嫌になりはしないさ」

シンと兵士が和やかに会話する中、やり取りを横で聞いているエリスたちは、シンに呆れていた。

(よくもいけしゃあしゃあと……)

彼らがレベル六以上の鑑定スキルを持っていたのなら、シンのステータスの中に見つけることができただろう。『詐術レベル五』という表示を……

シンは色々と芸達者だった。

………パチ……パチン!

暗闇の中、焚き火の炎が怪しく揺らめく。

丘の手前の草原で野営をした六人は、二人ずつ三交代で見張りを立てることにした。ここでの監視を務めていた二人が最初の見張りを申し出る。

シンたちは、ここまで馬に乗ってきた疲れもあり、お言葉に甘えて眠りについていた。

そして――――ザスッ。

「……どうだ?」

返す。


「大丈夫だ、全員寝ている」

突然、背後から聞こえてきた台詞に、見張り役の王国兵士はしかし、落ち着いた口調で
そのまま兵士二人は立ち上がると、声の主に向き直った。

「ちょいと余計なのがくっついてるが問題ない。ただの冒険者だ。それに、一人は女だぜ」

「そいつはイイ、連れてきたオンナどもは一通り抱いたからな、新人は大歓迎だぜ。お前らも王都へ戻る前に楽しんでくか？」

「そうだな、朝にはまだ時間が――」

「残念だけど、お愉しみタイムは未来永劫こねえな」

――ピカッ‼

「グアアァァ――‼　め、目がぁ‼」

シンの放った光玉――閃光手榴弾もどきによって、一時的に視力を奪われた謎の集団と見張りの二人は、悶えながらその場にうずくまる。

「――‼　な、何⁉」

悲鳴に目を覚ました三人は目の前の光景に驚いている。特に兵士の一人は信じられないといった顔だった。

「……お前たち、まさか？」

「まあ、見ての通りだわな」

シンの懸念が現実になったことに、二人の兵士は悔しそうに唇を噛む。

そんな中、シンたちに向かって裏切り者の声が届く。

「お前たち、睡眠薬入りのスープが効かなかったのか？」

「スマンが、薬の専門家がいるのに遅効性の毒を用いるのは悪手だな……お客様、お茶のお味はいかがでしたかな？　解毒剤の仄かな苦味がきいてる自慢の一杯だったんだが」

シンの挑発するような物言いに兵士は口元を歪める。

「チッ——！」

「そんでもって、そっちは帝国兵だな、ひぃふぅ——」

周囲を取り囲む帝国兵の数を、シンが指折り数えていたそのとき——！

ガシャン‼　ジユウウゥゥゥ——

「なっ⁉」

誰かの投げた石か何かが、火にかけられたままのヤカンに直撃、一瞬にして周囲が闇に包まれる。

「マズイ、みんな気をつけろ！」

シンがとっさに叫ぶ。

シュン――

帝国兵の振るう剣は星の光を浴びると、銀線を描きつつシンたちに襲いかかった。

辛うじてそれらをかわす中、シンは反撃とばかりに呪文を唱える。

「――光精よ、空を飛び交い闇を引き裂け、〝照明〟」

シンの掌から生まれた光球が半径一〇メートルの空間を照らすと、四人はその中央に集まり、各々武器を構える。

「敵は裏切り者を含めて六人！　固まって対処するぞ‼」

シンは全員の耳に届くよう大声で宣言してから、狭い場所では取り回しの難しい炭化タングステンの棒を地面に放り、腰の後ろに手を回す振りをした。そして『ガチャン』という装着音とともに、異空間バッグからトゲ付きの、見るからに凶悪なガントレットをつけた両腕を前に出す。

「シン、あなた……」

「ん？　ああ、相手は全員、隠密性重視の革鎧らしいんでな、当たると痛～いコイツの出番だ♪」

エリスとしては、シンが格闘スキル持ちなことを突っ込みたかったのだが、故意か無自覚か、話を逸らされ、それ以上聞けなかった。

四人のやり取りを聞いていた襲撃者たちは、一見戦士に見えないシンを、しかし一番最初に潰すべきと判断。襲撃者のうち三人が、シンを殺すべく光の空間に飛び込む。

だが、それを予測していたシンは高速で彼らに接近すると、剣を両手で上段に振りかぶった真ん中の男の懐に潜りこみ、腰の入った左フックを右脇腹に叩き込んだ！

「あぐぅっ‼」

シンは、今度は右のバックブローで、左にいた男の顔面を殴る。トゲだらけのガントレットを顔面にまともに受け、男は一瞬の麻痺の後、顔面を襲う焼けるような痛みに思わずしゃがみ込んだ。

その隙だらけの後頭部にシンが拳を叩き込むと、頸椎を破壊された男はそのまま絶命した。

恐慌に陥った残りの一人は闇雲に剣を振り回すが、恐怖のせいで剣を振るう度にバランスを崩し、身体が横に流れたところでシンの拳が横腹と顔面に突き刺さり、沈黙する。

そして、最初に殴り倒した男に止めを刺そうと、シンが拳を振り上げたとき——

「ぐあああああ‼」

背後から野太い悲鳴が響く。

「——どうした⁉」

ドザッ——！

振り返ったシンが見たものは、片腕を失いその場に倒れる味方兵士の姿だった。

やったのは帝国兵ではなく、裏切り者の王国兵。裏切りの目撃者など当然、彼らからすれば皆殺しの対象だ。むしろそうしなければ我が身が危ない。当然全力で殺しに来る。

かつての仲間に躊躇したのだろうが、非情になれない代償としてはあまりにも大きかった。

「チッ――！」

エリスたち残りの二人はそれぞれ戦闘中。それを見たシンは舌打ちとともに、倒れた男に止めを刺そうと剣を振りかぶる敵の兵士に向かって走る。

しかし、それを読んでいたのか、兵士は即座に振り返り、シンに向かって剣を振り下ろす。

ガイィィィンン――‼

渾身の一撃をガントレットの十字受けでシンが凌ぐと、この間合いでの不利を察した兵士は剣を捨て、腰のナイフに手をかけながら後ろに飛び退く。

だが、そんな兵士の動きに合わせるよう、強く踏み込んだシンは、そのまま肉薄した兵士の体にコンビネーションブローを叩き込んで、永遠の眠りにつかせる。

エリスたちも残りの二人を倒すと、急いで腕を落とされた兵士の応急手当をはじめた。

そんな彼女に向かってシンは、薄茶色の液体の入った薬瓶を投げる。

「エリス、斬り落とされた腕を傷口に合わせて、ソイツを飲ませろ！」

一瞬怪訝な顔をするエリスだったが、こういったことの専門家である薬師の指示に従い、千切れた腕を兵士の傷口に合わせて、薬を飲ませる。すると――

シュオオォォォ――

「う、うぅ……」

魔力を帯びた光と音とともに、兵士の腕は肉体に再結合された。

光が収まると、兵士は自分に起きたことが信じられないのか、取れたはずの腕を見つめ、腕を動かし、そのことに再度驚く。

肉体の欠損を元に戻す――上級回復薬ならば可能ではあるが、金貨五〇枚もする高価な代物だ。

しかも、仮に上級回復薬を用いたとしても、復活した手足がすぐに違和感なく動くことなどありえない。

もしも、そんなことを可能にする薬があるとすれば――

「――うそ」

「霊薬……」

「違う」

シンは炭化タングステンの棒を拾うと、いまだうずくまったままの、最初に殴り倒した帝国兵に止めを刺しながら、彼らの間違いを正す。

「それは俺のオリジナルで『再生薬』とでも言うべきかな。まあ効果は今見たとおりだ……ああ、回復薬とは違うんで、傷は塞がっても下がった体力は戻らないから気をつけろよ」

軍人や冒険者、およそ危険を生業とする人間にとって革新とも言える新薬を、特に誇るでもなく淡々と話すシンに、三人は呆然とする。

「それよりも、襲撃者は六人とも片付けたわけだし、少し肩の力でも抜こうぜ」

「……そうね、せっかくいい気分で寝ていたのに、散々な目に遭ったわ」

そう言って、疲れたとばかりに伸びをするシンとエリスだったが――

シュザッ――――‼

二人が気を抜いた、その隙を狙って新たな影が二つ、彼らに襲いかかってきた。

――しかし。

ゴッ‼

ドスッ‼

「がっ⁉」

「な……んで……？」

二人の襲撃者はシンとエリス、二人のカウンターをくらい、苦もなく倒される。

「ん？　ああ、確か襲撃者は全部で八人だったっけな、適当に六人って言ったら『もしもの保険』のつもりか、二人が様子見に回ってくれて助かったよ。八人で来られたら厳しかったところだ」

「シンの口車なんかに乗るからよ、敵の言葉なんか疑ってかかるべきだったわね」

目の前の光景にあっけに取られる王国兵に対して、エリスはつけ加える。

「──シンのことはいちいちまともに相手しちゃダメよ、疲れるだけだから」

「失礼な！　俺は常に効果の高い戦法を考案、実行しているだけだぞ」

「……例えば？」

「身体ばっか鍛えた軍人さんは、口から出任せに簡単に引っかかってくれるから楽ですわー」

「ね、こういうヤツよ」

諦めの色が混じるエリスの口調に、妙に納得してしまう二人だった。

その後の四人の行動は早かった──

腕を一度斬り落とされた兵士は、ここでの出来事を報告するために一旦王都へ、そして残る三人で廃墟の町を偵察すると決まった。だが、昨晩殺した帝国兵が帰還しないと当然、警戒は厳しくなるだろう。そうなる前に必要な情報を手に入れなければならないシンたちは、夜が開けきらぬうちに丘を越えると、街道跡を大きく迂回して海岸沿い、木々の生い茂る断崖へと移動する。

「ここからなら船着場の周りが見えるだろ？」

「ああ、よく見えるな。しかし、よくこんな場所を知っていたな」

感心する兵士の言葉を聞いたシンは、口の端を少しだけ上げる。

「……各地を巡るんでね、地形を読むのは得意なんだよ。それよりもどうだ？」

「……海魔の姿が全く見えないな、なぜだ？」

タンギルの町に棲みついた海魔は半魚人の亜種らしく、意思の疎通はできず、また人間や船を見つけると集団で襲ってくるため、あの町に近付く人も船も、今はないという。

——だが、そんな海魔の姿が今はどこにも見えない。

「帝国軍が駆逐したのだろうか……？」

そう呟く王国兵に、シンは持論を語り出す。

「もしくは自らここを離れたか……産卵、繁殖のためにこの地を一時的に離れた可能性は？」

「繁殖か！　確かに、その可能性はあるかもしれないな……しかし、帝国はどうやってそんな情報を手に入れた？」

「停戦後もずっと、王国侵攻の機会を狙ってたんじゃないのか？　その間に海魔が棲みついたが、ずっと観察を続け、そいつらの生態まで調べたのかもしれない」

——そして、王国と事を構えるための大義名分を携え、軍を寄越したということか。

「そこまでしてなぜ王国を……？」

「プライドの問題じゃないのか？　小国の分際で帝国に楯突いたってな」

王国には王国の事情があるように、帝国には帝国の事情がある。

皇子の求婚を小国に袖にされて始めた戦も、有耶無耶のままに停戦。周辺諸国への影響を考えると、このまま終わらせるわけにはいかなかったのかもしれない。

ただ、それに付き合わされる方は堪ったものではない。

「あれは――そんなまさか‼」

何かを見つけたのか、王国兵の硬い声が思案にふけるシンの耳に届いた。

「何か見つけたのか？」

「グリフォンの軍旗！　あれは、帝国軍の中でも精鋭で知られる第三軍、猛将アラルコンの旗章‼」

「アラルコンですって⁉　ウチを攻めるのに、なんであんなバケモノが⁉」

判明した事実に驚愕の表情を浮かべる二人に比べて、シンの反応は薄い。

「確か、帝国軍の中でも五本の指に入る戦士、だったか……？」

「そうだ、二〇代前半でランク指定外――英雄指定冒険者となり、後に帝国に仕官、一気に軍団長まで上り詰めた帝国の英雄だ」

苦々しい表情で王国兵が呟く。軍籍に身を置くものとして、また男としても憧れずにはいられない、まさに立志伝のような存在だが、その英雄は今、自国を攻めに来ているのだ。

「規模はどのくらいだと思う、シン？」

「……町の大きさや補給を考えれば、詰め込んでも五〇〇〇が限度だろうな」

「最大で旅団規模がアラルコンの指揮で……早く王都に知らせねば」

蒼ざめる王国兵の提案に二人も頷く。これ以上ここに留まっても捕まるリスクが増えるだけで、得なことは何もない。

雑木林を抜ける間、誰もが無言で、目の前に帝国兵が現れないことだけを気にしていた。

──だから気付かなかった。

「林を抜けたか、あとは馬を留めているところまで……エリス？」

いつのまにかエリスの姿がないことに──

■

──雑木林を南へ抜けた断崖の端に、誰も住まなくなり打ち捨てられた家がある。

エリスを探しに林の中を戻った先で、シンが見つけた布切れに記されていた場所だ。

シンは一人そこへ赴く……ちなみに王国兵は王都へ向かって馬上の人だ。国家の大事に冒険者一人の命など、天秤にかける問題ですらなかった。

ドガンッ‼

「こんにちは～！　誰かいますか～？　っているよな。とっとと姿を見せやがれ‼」

蹴り飛ばした扉が床に倒れ込むと、その勢いで家の中に溜まった埃が舞い上がる。

そして、奥には数人の人影が。

「シンン――――‼」

下着姿で猿轡を噛まされた状態のエリスが何かを必死に訴えているが、当然シンにはわからない。

シンはそんなエリスに一瞥をくれると、親玉らしき男に向かって凶悪な笑みを見せる。

「……なかなかイイ趣味してるじゃねえか。こんなところでパーティーとしゃれこむような人種にゃ見えねえけどな？」

「冒険者など、身体のどこに何を隠しているかわかったものではないからな。逃げられるのを防ぐためにも必要なのだよ」

シンの挑発を律儀に返す男は、黒装束を身に纏う、まるで時代劇の忍者のようでもある。付け加えるならば、こんな出で立ちをする人間の職業など限られている。

「で、見たところ王国の密偵のようだが、それがなんの用だ？」

「ふむ、帝国軍の選択肢はないのか？」

「エリスは生け捕っておいて王国の偵察兵は見逃す、それで帝国側だ？　馬鹿にしてるのか？」

「確かに。スマンな、普段バカを相手にする機会が多くてな」

欠片も申し訳なさを感じさせない口調で、王国の密偵は話す。

「それで、さっさと用件を話せよ。言っとくが、武装解除には応じねえし、無駄話に付き合うつもりもない」

「試しに聞くが、武器を捨てろと命じたらどうする？」

「お前らの命はエリス一人分で賄えるのか、安いな」

人質を使った命令に従う気はない。シンの剣呑な目つきはそう告げていた。

「だが、ここに来たということは少なくとも、この女を見殺しにするつもりもないのだろう？　そうだな、言いなりになるのがイヤなら、頼みを聞いてくれるというのはどうだ？　貴様はこの女を取り戻せて嬉しい、我らは目的を達成することができて喜ばしい。どうかな？」

ぬけぬけと一方的な要求をしてくる相手にシンは返す。

「もし断ったら？」

「無駄話は嫌いなのでは？　だがそうだな、三人がかりで貴様を足止めする間に女は連れていく。色んな男をあてがい散々弄んだ後は、オークの住む森にでも捨てるとしようか」

「ンン!?　ンンンンーーーー!!」

男の言葉を聞いたエリスは、嫌悪と恐怖で身をよじると、シンを見つめて救いを求める。

エリスとて、シンは自分を見捨てないと信じているものの、嫌悪と恐怖を前に不安は拭えない。

「……で、お願いとやらは？」

「あの王国兵の腕を元に戻した『再生薬』。あれの製法を教えてもらおうか」

「！　……そうか、あんとき焚き火を消したのはテメエか」

「バカは嫌いだが察しのよすぎる奴も嫌いでね。返事を聞こうか？」

「はんっ！　欲しけりゃくれてやるよ」

エリスは安堵の表情を浮かべるとともに、悲しそうに目を伏せる——あれは自分一人の安全と引き換えにしていいはずがない。それほど貴重なものだ。

しかしそれを少しも迷うことなく差し出したシンに、エリスは感謝と申し訳なさで一杯になる。

「だが、ここで作るにゃ材料が足りない。おまけにレシピを教えたところで、どうやってそれが本物だと証明する？」

「問題ない。ここからならポリフィアの街までギリギリ通信が届く。薬は向こうで作ってもらうとしよう」

王都だけでなく、ポリフィアの錬金術ギルドまでグルというわけか。自分はよほどよく思われていなかったのだと思い知らされ、シンは苦々しげに顔を顰める。

「……書くものを寄越しな」

シンは渡された紙に製法を記すと、受け取った男はそれを部下に渡して下がらせる。

その場に残ったのはシンとエリス、そしてシンと交渉する男に、エリスを囲む三人の部下。不意をついたとしてもエリスを救えないと判断したシンは、不機嫌さを隠さずに壁によりかかる。

「おい！　エリスに服なりマントでもかけるなりしとけよ」

「気になるか？」

「女の子の身体は冷やしちゃいけませんって、ママから教わらなかったのか？」

――――！

シンの言葉を聞いた全員の身体に、ある種の緊張が走る。

「……生憎、温かい家庭に恵まれたことがなくてね」

「ほーそりゃすまなかった、気が利かなくて悪いなー」

「……なるほど、心のこもらぬ謝罪とは下手な挑発よりも不愉快なものだな。今後の参考にさせてもらおう――女に布でもかけてやれ」

部下の一人がその辺に転がっている布をエリスにかぶせる。見た目も内容も『ないよりはマシ』な程度ではあるが。

彼らの行動から、少なくとも会話には応じる——そう判断したシンは、言葉を続ける。

「で、お前らは誰の依頼で動いてるんだ？」

「その質問になんの意味が？」

本当のことを話すはずもなく、その言葉を証明する手段もなく、意味のない質問だと誰もが思う。

「別に、ただ知りたいだけさ。王国の密偵が誰の指示で動いてるのかをな。庶民の懐を狙うような命令を出すクズが王国内部にいるのか、それとも密偵が金でギルドに尻尾を振るほど王国は腐敗して統制が取れてないのか、興味は尽きねえな」

嘲りの視線を向けるシンに、男は答える。

「残念ながら、金で転ぶほど我らは堕ちてない」

たとえ汚れ役だとしても、自分たちの矜持だけは守りたいらしい。男の声には強い意思があった。

（つまり王国の命令か……）

頭に血が上った男の口が軽いうちに、シンは続ける。

「俺が『再生薬』を持っているのをどうやって知った？」

「別に知っていたわけではない。各地を回っていれば、ああいうことに出くわすこともあるだろう。そのときに何かやるのではと予想してのことだ。街中ではそれも叶わないのでな」

（これで裏は取れたな）

つまり、偵察依頼を出した国王も、この件に関与しているということだ。

（親バカではあっても、バカではなかったか。まあ、俺にケンカを売った大バカだけどな……）

必要な情報を手に入れたシンはそれ以降口を閉ざすと、周囲に気を配りながら時を待つ。

しばらくして――

「そうか……喜べ、向こうで確認が取れたぞ」

「だったらとっととエリスを放せ。あと装備も返せよ、そっちは取り引き外だ」

「そうだな。我らも野盗の類ではない。返してやるさ」

エリスと荷物を無造作にシンの方に寄越す態度に、シンが言う。

「無用心だな。反撃されるとは思わないのか？」

「バカが相手ならもっと気を使うさ。その首に賞金を懸けられたくはなかろう？」

「ケッ！」

ここで密偵を殺した途端、彼らは王国の正規兵になる。めでたく二人の賞金首のでき上がりというわけだ。

シンが睨む中、密偵たちが家の反対側から姿を消すと、シンとエリスの二人だけが残された。

解放されたエリスは安堵と感謝、そして申し訳なさが入り混じり、瞳から大粒の涙を流しながら、シンの胸に顔を埋める。

「シン……シン……」

「ああ、無事でなにより」

エリスの頭をポンポンとシンが優しく叩くと、堪えきれなくなったエリスは堰を切ったように感情を爆発させた。

「どうして！　どうして私なんかのために――!?」

「ん？　ああ、仲間だからな」

仲間――決してギルドに属さず、自分の素性もレシピもひた隠しにしていた男は、ただそれだけのことで、エリスを救うべく大事な秘薬の製法を渡した。

「バカ！　バカバカッ！　…………ゴメンなさい」

感謝と罪悪感の狭間で揺れるエリスは、ただ感情のままに言葉を紡ぐ。

「……初めて会ったときも言っただろ。助けてもらったときはバカでもゴメンでもなくいって」

そんな、自分の胸に縋りつき、しゃくり上げるエリスの背中を優しく擦りながら、シンはいつものとぼけた口調で返す。

「……うぅ、グスッ……ありがとうシン、助けてくれて」

「おう、どういたしましてだ」

「フフ、シンは変わらないんだね……」

「……褒めてるんだよな、それ？　それより、いい加減服を着てくれると助かるんだが……イヤ、着てくれなくてもありがたいんだけどな」

「…………………？」

言われてエリスは、自分が半裸の状態でシンに抱きついていることに初めて気がついた。

「あ……あ……あ……」

「あ？　……ありがとう？」

「あっちいけーーー!!」

……建物から追い出され、理不尽な仕打ちにモヤモヤするシンがいた。

■

シンとエリスの二人は、帝国軍の目を避けるよう、南回りに大きく迂回しながらポリフィアの街を目指している。

二度とあの国には関わりたくない――シンの本音だが、確かめねばならないことがある。

それに、シンには王国に対して含むところがあっても、エリスにとっては祖国である。あんなことがあったとはいえ、簡単に捨てられないのが故郷であり、それこそが人の心というものだ。

身を隠しながら一週間、ようやく戻ってきた街だったが、そこは既に戦争の足音がそこかしこから聞こえてくる、異様な空気を醸し出していた。

そんな中、シンはよく知った顔に出くわす。

「――おっちゃん‼」

「おお、シンか！　オマエ、今までドコほっつき歩いてたんだ⁉」

「ちょっとな……それより、何がどうなってんだ⁉」

屋台のおっちゃんは、帰還した偵察兵の報告がどこかから漏れ、そのせいで帝国軍の情報が市民の間にも広まり一時はパニックが起きたこと、しかしそれに対し王国側は即座に反応、帝国との全面対決を宣言したことを、シンに教える。

そしてその際、王都の錬金術ギルドから画期的な新薬――シンの回復薬と再生薬だ――の発表がなされた。薬の効能、特に再生薬の効果を知った兵士の戦意はいやがうえにも高まり、彼らの気勢にあてられた一般市民も高揚しているという。

また、傭兵の募集が冒険者ギルドで行われると、高額報酬に加えて再生薬の『死ななければ、なんとかなる』との触れ込みもあり、結構な数の命知らずが今回の戦に参加するらしい。

　黙って話を聞いていたシンは、たちまち苦虫を噛み潰したような顔になった——

「回復薬ってのはシンが扱ってたやつだろ……まさか、再生薬ってのも？」

「ああ、外で戦闘したときに使ったのを見られてな、レシピを掠め取られたよ……」

　そう吐き捨てるシンの背後で、エリスが表情を暗くする。

　それに気付いたおっちゃんがおや？　と首を傾げるが、それどころではないシンは気付かない。

「……ところでシンよ、それほど凄い薬があるとして、そんな急に大量に揃えられるもんか？」

「再生薬はなあ……あのレシピだと特別な材料は必要ないんだよ。ギルド員総出でかかれば兵士一人に一つ持たせることも可能なんだ」

「おいおい、本当かよ……」

　シンの言葉に、おっちゃんも苦い顔になる。

「とにかく俺は錬金術ギルドに行ってみる！　戦争に積極的に手を貸そうなんて、何をトチ狂ってやがるんだか」

　そう言ってシンはその場を後にすると、駆け足で錬金術ギルドへ走り、エリスもそれに続いた。

　それを見送ったおっちゃんは――

「コイツはそろそろヤベェな……」

　自分の屋台を見つめながら、顎に手を当て何かを考えていた。そして……

　――バンッ‼

「――おい！　ギルドマスターはいるか？　話をさせろ‼」

「……何事ですかいきなり。ここをどこだと思って――」

「錬金術ギルドだろ。シンが来たと伝えろ！　話があるんだよ」

　歴史のありそうな建物にズカズカと入るなり、シンはカウンターに立つ女性に用件を伝える。

　受付の女性は、イキナリの無礼な来訪者に眉を顰めるが、あまりのシンの剣幕に逃げるように建物の奥へ引っ込むと、代わりに責任者らしき男が出てきた。

「――フン、誰かと思えばシン殿でしたかな？　当ギルドへの勧誘を再三拒否していたキミが、いったいなんの用だね？」

「とぼけるな、お前らが今大量に作ってる薬についてだよ！」

「ふむ……薬というのは、法外な値で売りつけた製法で作る、例の回復薬のことですかな？　それとも、うちのギルドマスターが才能と歳月をかけ、新たに開発した『再生薬』

のことですかな？」

シンは、誇らしげに胸を反らす男を睨みながら言い放つ。

「何が開発だ！　王国の密偵を使って俺から盗み出したモンだろうが‼」

「これは異なことを。錬金術ギルドがどうやって王国の密偵を動かせるというのです？　しかも盗んだ？　シン殿から？　ハッ、言いがかりはよしていただきたいですな！」

芝居がかった口調で反論する男は、憎悪にも似た視線を向けるシンを前に一歩も引かない、むしろ喜びを隠し切れないといった表情だ。

この男はシンに、錬金術ギルドへの加入を何度も打診していた事務員である。むろん理由は善意などではなく、シンが隠し持っているであろう様々なレシピが狙いだ――だった。

自分の誘いをにべもなく断り続けた男が今、目の前で悔しそうに顔を歪め睨みつけてくる。

優越感に浸る男は、さらにシンを挑発するように言葉を続ける。

「私たちは今、非常～に忙しいのです。対等に話がしたいというのなら、まず当ギルドに加入してからにしなさい。もちろん、そちらの持つレシピの全てを開示していただきますけどね」

「……後悔することになるぞ？」

「ハッ、負け惜しみを！　さあさあ、用件がそれだけなら出ていってもらいましょうか。

それとも衛兵でも呼びますか？」

「ケッ、二度とくるかよっ！」

――バタンッ‼

錬金術ギルドの扉を叩きつけるように閉めると、シンはそのまま早足で歩く。

「――シン、ごめん……私のせいだよね」

シンの後ろを着いて歩くエリスが、沈んだ表情のままそう呟く。

「悪いのはあいつらで、エリスじゃないさ……それよりもエリス、このままじゃ王国と帝国は近いうちに正面きってぶつかり合うことになる。そうなれば――」

被害は双方甚大なものになる――そしてそのときには、帝国側もいよいよ後に引けなくなる。

「エリス、姫様になんとか連絡を取れないか？　とにかく上の人間と話をできるようにしないと」

「無理よ、さっき聞いたんだけど、王都への街道はすでに封鎖されてるらしいわ」

「そうか……」

二人の間に沈黙が流れる――そして。

「……エリスは、どうするんだ？」

「私は……シン、ごめんなさい。こんなことになっちゃったけど、それでも私はこの国が好きなの。だから……戦争に参加するわ」

エリスの目に宿る強い意志をシンは感じ取ると、大きなため息を一つついた。

「わかった、残念だがここでお別れだな。あいにく俺はここまでされて、それでもなおこの国相手に立てる義理なんてものは持ち合わせちゃいないんでね」

「そう……ううん、そうよね。ゴメンね、シン本当に――」

「いいから、そんなに気にするな、それじゃあエリス……死ぬなよ」

シンはそう言って、振り返ることなくエリスとは反対の道を歩いていった。

そしてその夜――

ガラガラガラ……

出歩く人の少なくなった街の通りに、荷車を引く男の姿がある。

「よう！　おっちゃん、店じまいか？　今日はやけに遅いみたいだけど」

「――!!　なんだシンか？　店じまい……そうなるかな、この街から離れる方の、だけどな」

イキナリ呼び止められ、ギョッとするおっちゃんだったが、相手がシンだとわかると安心したのか、苦笑しながらそう話す。その顔は、どこか寂しそうでもあった。

「この街にも結構長く住んだけどよ、さすがに戦争に付き合うつもりは、な」

「そうか……だからってこんな夜に出ていくこともないだろ、夜逃げじゃあるまいし？」

「夜逃げだよ。昼間に出ようとしてみろ、屋台のみんなからは引き止められるだろうし、この時期に街から出ていくような奴を、血の気の多い連中が見逃してくれるとも思えねえしな」

団結を煽るだけならまだしも、自分たちの考えに同調しないというだけで、その人間を排除しようとする過激な輩はどこの街にも存在する。

「おっちゃんは屋台衆のまとめ役みたいなモンだったし……あの連中、寂しがるんじゃねえか？」

「言えば引き止められるだろうしな。アイツらにゃあ悪いが、黙って出ていくさ」

「そっか……だったらおっちゃん、出ていくついでに頼みたいことがあるんだけど、いいか？」

暗い雰囲気を変えようと、シンは少しばかり明るい口調でおっちゃんに話しかける。

おっちゃんも、いつもの掛け合いをするときのような不敵な表情で、シンに向かって笑い返す。

「珍しいこともあるもんだなシン、お前の方から頼み事なんてよ、俺にできることか？」

「そうだな、おっちゃんにしかできそうにないかな……言伝を頼みたいんだ——帝国軍宛てに」

帝国軍――それを聞いた瞬間、おっちゃんの顔は、シンが今まで見たことのないものになった。

（……そんな顔するなよ、おっちゃん）

それを見たシンは、目を細めながら心の中で呟く。

「…………」

「…………」

屋台の店主は、しばらくの間シンを黙って睨みつけると、やがていつもより低い声音で話し出す。

「シンよぅ、今この街がどんな状況かわかっててそんなふざけたこと――」

「おっちゃん！」

カンッ――!!

街の石畳をシンの棒が叩く。炭化タングステンの石突が発した硬質な音は、人気のない夜の世界に染み入るように響き渡る。

「それ以上ヘタに動かない方がいいな。その手が懐に入った時点で、俺はおっちゃんを敵とみなす。そして――」

シンの顔から一切の感情が消えた。

「――オッサンじゃあ、俺に勝つことも逃げることもできねえぞ」

そう告げた直後から発せられる殺気は、店主に死を覚悟させるに充分なものだった。

抵抗が無意味だと覚った店主は、降参だとばかりに両手を挙げる。

「……いつからだ？」

――いつから自分の正体に気付いていたのか？　男の目はシンにそう問いかけた。

おっちゃんの質問に、シンは思い出を語るような口調で答える。

「森で遭った連中なあ……最初はエリスが標的だと思ったんだよ。俺が連中から聞き出したのは、帝国軍がタンギルに拠点を構えていること、そして『手段は問わない、その日一人で森にやってきた冒険者を捕獲せよ』との命令をポリフィアに潜伏している同胞から受けている。この二つだ」

話しながらおっちゃんに近付いたシンは、そのまま荷車に寄りかかるとフッ、と笑う。

「おっちゃん、なってねえなあ。尋問されたくらいでペラペラ話すような奴を使うなんてよ」

「フン、そんなやわな連中じゃねえよ！　シン、何しやがった？」

そう言っておっちゃんはシンを睨みつけるが、瞳に怒りや憎しみの感情は見られない。

シンは、グイと迫るおっちゃんの顔をのけぞるように避けると、当時を思い出しながら答える。

「別に何もしてねえぞ？　ただ、そうさなあ……錬金術師の人体実験に付き合ってくれる殊勝な奴がいなくて残念だったよ」

「じっ！　シンよう……お前はホント、えげつねえなあ」

呆れと諦めの混じったおっちゃんの声を聞いてシンが楽しそうに笑うと、釣られておっちゃんも苦笑いを浮かべる。その表情は、いつも屋台でシンに見せるものと同じだった。

ひとしきり笑ったシンは、おっちゃんに向き直ると話を続ける。

「ただ、エリスが標的だとして、どうやってタイミングを合わせる？　そんな疑問が払拭されたのは街に戻ってからだったな——エリスを助けた話を俺から聞いたときにおっちゃん、剣を振る仕草をしただろう。なんで薬師の俺が剣で敵を倒したと思った？　俺はおっちゃんに剣を見せたことなんかないぜ？」

おっちゃんは、「アチャー」と嘆き、スキンヘッドをペチリと叩くと、そのまま手で顔を覆う。

密偵としてあるまじきミスに、おっちゃんが懊悩としている中、シンが告げる。

「なんのことはない、本当の標的は俺だったわけだ。おっちゃんの狙いも回復薬だったのかい？」

「……つけ加えるなら、お前が秘匿してるレシピの全て。そしてそれを王国に渡さないことだな」

黙っていても仕方がないと思ったのか、おっちゃんは素直に暴露する。

「なるほどねえ……悪いな、王国に流しちまったよ」

「気にすんな。ってか、謝られても俺が困る」

双方緊張感のない会話で話を締めくくると、周囲が静まり返る。

やがて——

「——で、帝国の密偵の俺をどうするつもりだ？」

「だから言ったろ、言伝を頼みたいって。髪の毛と一緒に記憶力もなくしたのか？　そんなんじゃ一流の密偵にはなれねえぞ」

「コレは剃ってんだよ！　それに俺はすでに一流だ」

「へえへえ」

他国に潜入する密偵に必要な能力として、市井にまぎれる能力が挙げられる。

その手段は二つ。極限まで存在感を消し、印象を薄くすることによって、誰の記憶にも残らなくする方法。もう一つは反対に、住人と交流を深めることでその土地の一員として振る舞い、密偵であることを疑いもされなくする方法である。

おっちゃんは今まで、後者の方法を見事に実践してきた。それこそ、一流といっても遜色ない高いレベルで。

「とはいえ、シンにばれちまった段階で一流の看板は下ろさねえとな」

「なあに、俺の頼みを聞いてくれれば挽回の余地はあるさ」

「……聞いてやろうじゃねえか」

シンは声を潜(ひそ)めて話し出す。

「王国軍との戦闘だけどな。どこでやるにしても、戦闘を開始するのは王国軍がこの街を出立(しゅったつ)してから五日後以降にしてくれ」

「なんでだ？」

「そうすりゃ『再生薬』の効能がなくなるからな」

「はあ⁉」

世間話のように気楽に告げたシンの爆弾発言は、おっちゃんの度肝(どぎも)を抜くのに充分だった。

「おい、そりゃあ……」

「元々、アイツらに教えた製法には穴があってな。薬に込められた効能を持続させるための工程は教えてねえんだよ。その状態で効能を留めておくのは五日が限界なのさ」

問い詰めようとするおっちゃんに向かって、カラカラと楽しそうに事の裏側を話すシン。彼の顔は、まるでイタズラが成功したかのように屈託(くったく)のない笑みが浮かんでいた。

「アイツら今頃、ギルド総出で五日しか持たない再生薬を作ってるんだぜ。手持ちの貴重な材料を使い果たす勢いでさ、ケッサクだろ♪」

「……お前はホント、えげつねえなあ……」

おっちゃんの呆れる声は誰に届くこともなく夜の中に消えていった。そして――

「――シン、聞いていいか？」

おっちゃんが、真面目な口調で話しかける。

「何を聞きたい？」

「どうしてそれを俺に話す？　出立に合わせてギルドの連中に教えてやるだけじゃ駄目なのか？」

「それだと王国軍が出ていかないだろ。そうなると帝国軍は街を攻める、民間に犠牲が出るじゃねえか」

「王国軍の犠牲はいいのかよ？」

「言っておくが、再生薬は使い物にならなくても、回復薬の方は本物だからな。帝国の方も無傷じゃ済まんよ」

「……益々わからんな、シンの目的が」

民間の犠牲を心配するなら、戦にならない方法をこそ考えるべきだ。シンにそれをする筋合いがないのは理解しているものの、おっちゃんにはなぜか、シンがむしろ戦争をさせたがっているようにも感じられた。

「そうだなあ……じゃあ、こういうのはどうだ？」

「？」

「俺の生まれ故郷はさ、『タンギル』っていう港町なんだよ」

「――――――!!」

――タンギルの町。六年前、帝国と王国の戦争によって滅びた町。

「おっちゃん、帝国の密偵なんだから色々と事情は知ってるんだろ？　クソみたいな理由で滅びた町のことをよ……」

「シン、お前……」

帝国を憎んでいるのか――？　そう聞こうとして、しかしその言葉を口にするのをおっちゃんは躊躇う。

シンは、そんなおっちゃんの心情を察した。

「別に、帝国を憎んでるってわけじゃねえよ、なんせ……」

シンはそこで一呼吸置くと、夜空を見上げながら――

「俺の家族が死んだ原因を作ったのは、王国側の人間だからな」

「…………………」

シンの言葉は、ひどく虚ろなものだった。

それが夜の街に吸い込まれると、沈黙があたりを支配する。

――そして、その沈黙を破ったのも、シンの言葉だった。

「おっちゃん、俺は戦争をするなとは言わねえよ。勝手に殺し合えばいいさ。ただな、民間人には手を出すな。それを俺は許さん、俺が許さん」

おっちゃんに語るシンの目は、頼むではなく、命令でもなく、覚悟が宿っていた。

「……有力な情報の対価として、街攻め、民間人への狼藉は避けるよう、将軍に進言する。これでいいか？」

「猛将アラルコンか、期待させてもらうとするかな」

シンは、寄りかかっていた荷車から離れ、大きく伸びをする。話は終わりということか。

そしてそのまま宿へと帰ろうとするシンに向かって、おっちゃんが声をかける。

「シンはどうするつもりだ？」

「しばらくはこの街に滞在するさ。やり残したこともあるし、戦の結果も見届けないとな」

言外に取り引きのことを匂わせながらシンは答える。

そんなシンの態度におっちゃんは苦笑し、何かを投げた。

ヒュン――

パシッ！

「……これは？」

「もし何かあったときは、本陣にその手形を持って、『ルイス＝ハーシェスに会いに来た』って見張りの兵士に告げろ。取次ぎできるようにしといてやるよ」

シンは受け取った手形をしげしげと見つめながら、しかし納得のいかない表情をする。

「おっちゃん、『ルイス＝ハーシェス』ってなんの符丁だ？」

「俺の名前だよ」

「……は？　ふざけんな！　おっちゃんのどこに『ルイス＝ハーシェス』の成分があるんだよ⁉　おっちゃんなら『ゴドフリー＝バモン』あたりが似合いだぜ。そうだな、今すぐ改名しろ」

「人の名前にケチ付けんじゃねえ！　しかも改名とかアホかてめえは！　とにかく、忘れんなよ！」

相変わらずのシンに呆れつつも、いくらか晴れやかな表情になったおっちゃんは、荷車を引きはじめる。

「それはこっちの台詞だよ、おっちゃん……そんじゃ、達者でな！」

「そんじゃな、死ぬなよ！」

二人の別れが済んでから三日後、王国軍はポリフィアの街を出立、そして――

五日後に両軍の戦端が開くと、王国軍は甚大な被害を受け、ほうほうのていでポリフィアの街へと逃げ帰ることとなった――

■

「――どういうことだ‼」

昼間の食堂に怒声が響き渡る。

普段なら満席の店内は喧騒に包まれているはずなのに、今日は――いや、今日も、だ――店を訪れる客の数は少なく、離れた席の、カチャカチャと食器の当たる音さえ聞こえそうな静かさだ。

理由はもちろん、王国軍の敗走によって帝国軍がいつこの街に攻めてくるのかという不安で、外を出歩く人の数が減っているからだ。

そんな中、静かに食事をしていたシンの目の前に現れた男は、静寂を破るように声を荒らげる。

シンは男の顔を一瞥すると、面白くもなさそうに口を開く。

「……なんだアンタか。どういうことだ、とは？」

「とぼけるな！　あの『再生薬』のことだ‼」

ザワッ――‼

周りの客がざわつきはじめる。それもそのはずで、客の中には戦に参加した者もおり、中には手足や目を失った者もいる。そんな戦傷を負った彼らの前で、再生薬の名は禁句であった。

「は？　言ってる意味がわからないな、再生薬がどうしたって？」

「どこまでもふざけたことを！　いいか、あの再生薬が全く効かなかったんだ！　おかげで王国軍は撤退するハメになったんだぞ、責任を感じていないのか⁉」

効能が維持される五日を過ぎ、ただの液体と化した元再生薬は、手足を失った者に絶望を、それ以外の者には不安と恐怖を植えつけ、王国軍が敗走する一因となった。

シンは立ち上がると、目の前の男を睨みつける。

「ふざけてるのはお前だ！　なにをとち狂ったのか知らんが、『お前のとこのギルドマスターが才能と歳月をかけて開発した再生薬』と俺に、なんの関係があるってんだ⁉」

目の前でわめく男は、先日、シンを錬金術ギルドから追い払った男だった。

「そ、それは……」

「理解できてないようだからイチから説明してやろうか？　俺はな、錬金術ギルドが再生薬を発表する数日前に野盗の罠に遭い、ある薬のレシピを奪われた――そう、再生薬だよ。だから、もしかしてその再生薬のレシピは、野盗がギルドに売り飛ばしたものじゃないかと思い、お前たちのところを訪ねたんだ。そうしたらお前は言ったな、『あれはウチのギルドマスターが開発したものだ』と？」

「う……」

「残念ながら、俺が野盗に奪われた再生薬のレシピには抜けがあってな。あの通りに作っても、薬の効果は短期間しか保たない。だから心配になって錬金術ギルドに押しかけたんだ。お前の言葉でそれは杞憂だったと安心していたんだが……」

「な、なんだと⁉」

「しかしまさか、ギルドマスターの作った再生薬があんな粗悪品だったなんてな……」

目の前の男と、そして聞き耳を立てている周りの連中にもわかるように丁寧に説明をしてやり、締めくくりとばかりに大げさに嘆いてみせるシン。

それをワナワナと震えながら聞いていた男は——

「キサマ、それを知ってて——」

「だから！　お前は何を言っているんだ？　まさか、ギルドマスターが開発した新薬ってのは嘘っぱちで、俺から盗んだレシピで作ったものだったってのか⁉」

「————！」

シンの問いに男は答えない、答えられない。

王国が帝国との戦争に踏み切ったのは、避けられない事態であるのと同時に、戦争が長引けば再生薬のある王国側が有利になるとの希望的観測も含まれていた。

多数の冒険者が傭兵として参加したのも、高額な報酬はもちろん、再生薬が無償で支給されることも大きな理由だった。

だからこそ答えられない。あれは他人から掠め取ったものだと、しかも不完全な代物だったなどと言えるはずがなかった。

「話がそれだけなら俺は行くぞ。ったく、変な言いがかりをつけやがって、せっかくの飯が不味くなるじゃねえか」

愚痴りながらシンが出ていくと、食堂に残された男は、その場にいた冒険者や王国軍兵士に取り囲まれ、全てを話すまで私刑を受けることとなった――

同日夜――

――雲もなく星が輝く静かな夜、シンは街の北門へ通じる道を一人歩く。

本来、夜間は封鎖されているはずの門も、王国軍の敗北によって街から逃げ出す住民が続出し、無理に止めて暴徒になられても困ると、出る者に関してはノーチェックとなっていた。

ただ、帝国が布陣する陣地へと続く北門から出ていこうとする者はいない……シンを除いて。

そして、シンが門をくぐり、街から少し離れた頃――

「シン」

「よう、エリス。無事だったのか？」

「ええ、私は直接戦闘に加わらなかったから、ね……」

確かに、エリスの能力を考慮すれば、偵察や後方支援に配属されるのは当然だろう。

「なるほどな……それよりエリス」

シンは一呼吸置くと、優しい口調でエリスに問いかける。

「いいのか、王国の騎士が姫様の護衛任務を放り出して？」

「――――」

エリスはその問いに沈黙で返そうとするが、まっすぐ見つめてくるシンの視線に耐えかね、口を開く。

「やっぱりバレてたか……聞いてもいい？」

「エリスが、俺の質問にも正直に答えてくれるのならな」

「言える範囲でよければね」

「じゃあダメだな。何を聞いても『言えない』で返ってきそうだ」

ヤレヤレと首を左右に振るシンを見て、エリスは苦笑とともに肩をすくめた。

「わかったわ、知ってることは話す。これでいい？」

「いいぜ、なんでも聞いてくれ」

あっさり承諾するシンに、エリスはもう一度苦笑する。都合の悪いことは『知らない』で返すかもしれないのに、そこはあえて指摘しない。逃げ道を作ってくれたとも言えるし、仲間としてのエリスが試されているとも言える。どこまでも喰えない男だと、エリスは思った。

「いつから気付いていたの？」

「いつから、か……。何かを隠しているのは、初めて会ったときから気付いてたぜ？　騎士だとは思わなかったけどな」

「はじめから⁉」

エリスは驚き顔を見せる。

「ああ、なにせ、いくら交代で見張りについているとはいえ、夜営中に『耳を地面につけもしないで仰向けに寝るレンジャー』なんて初めて見たんでな」

「…………」

「軍隊の斥候・偵察の訓練じゃ、そういうのは教わらなかったのか？」

「はあ、そっかあ……そうね、偵察任務のときは、同行するのも偵察兵だから、寝てる間に自分も警戒するなんてことは教えてもらわなかったかも」

よく見てるのね、と呟くエリスは、夜空を仰ぎ、それから少しだけ投げやりな表情になってシンに目を向ける。

そんなエリスの態度に、シンは優しい眼差しになった。

「エリス、素性を偽って誰かに近付くときはさ、相手を騙す以上に自分を騙さないと上手くいかないもんだ。エリスには無理だから、今後はやめとけ」

「私だって好きでやってたわけじゃないわ。言われなくても二度としないわよ！」

拗ねるように言い返すエリスは、先日まではこんなやり取りが日常的に行われていたんだと懐かしむと同時に、そんなやり取りの裏でお互いが別の思惑を持っていたことにひどく寂しさを覚えた。

続けてエリスが質問をする。

「……ねえ、それじゃあ私が騎士ってことは」

「自分でもうすうす気付いてるんだろ？　神殿で聞いたよ、孤児院で育ったエリスって娘が王女付きの騎士にまで上り詰めたって。嬉しそうに話してくれたよ。愛されてるな」

「まったく、おしゃべりなんだから……」

そう愚痴るエリスの顔は、ひどく照れくさそうだった。

「そろそろ俺の方から質問してもいいか？　そもそも、なんで俺に近付いた？」

■

私――エリスは両親のことを知らない。物心つく頃には神殿の孤児施設で、同じ境遇の子供たちと一緒に生活していたからだ。
七歳のとき、私を含め運動が得意な子供は皆、軍の養成施設へ引き取られた。別に珍しいことでもない。親のない子供が、教育も施されず社会に放り出されれば、犯罪者になるか身体を張る仕事しか選択肢はない。そのことを思えば、軍の施設で教育と訓練を受けるというのは、社会福祉の面から見ても正しいだろう。

身軽な私は、前線よりも偵察や後方任務に適していると判断され、レンジャー技能やそれに適した戦闘訓練を受けていた。

十二歳のとき、転機が訪れる。当時、第一王女であるアルミシア様の護衛役に就任した騎士リックス様の推挙もあり、王女様付きの騎士見習いに取りたてられたのだ。兵士としての力量、そして私が女であることが主な理由だった。

九歳の姫様は、私が孤児院出身であることを気にもせず、まるで姉妹のように接してくれた。

侍女を務める一つ年上のジュディさんには姫様ともども、小言を言われることもあったけど、今までの人生で一番幸せな時間だったと言える。……姫様に帝国第二皇子からの求婚の報が届くまでは。

姫様を護るため、陛下も周りの方々も奔走していたけど、結局上手い策は思いつかない。

――そんなときだった、姫様がこんなことを言ったのだ。

「大丈夫よエリス、私、夢を見たの。勇者様が私たちを救ってくださる夢だったわ♪」

姫様は天真爛漫で危なっかしいところがあると同時に、時々不思議なことを言い出す。

そして、そんなときは決まって姫様の言葉通りに事が進む。そういったことが何度もあったのだ。

ちょうどその頃、ポリフィアの街に滞在している謎の薬師が、ギルド製のものとは一線を画す回復薬を卸しているとの噂が、王都にまで届いた。

王都の錬金術ギルドが陛下に奏上したことで、噂の薬師が持つ回復薬の製法と、他にも隠し持っていると思われる様々な薬のレシピを手に入れる計画が立てられる。そして私は、その薬師に接触する役目を仰せつかった。

元々は、姫様の護衛をする際に役立つかもと、何度か依頼を果たした冒険者としての経歴、そしてなにより、私が女であることも大きな理由の一つだったのだろう。

構わない。たとえ恥辱にまみれようとも、泥を啜ることになろうとも、それで姫様を救うことができるのであれば！

——そう覚悟しての任務だった……んだけど。

「ちょ、え、なに？　エリス、おま——姫様が夢を見たって……いや、ええ……？」

目の前の男——シンは、変顔を作りながら「ないわー、それはないわー」と煩い。

というか、錬金術ギルドや陛下絡みの話は興味なさそうに聞き流してたくせに、姫様の夢の話をした途端、眉間にしわを寄せ、下唇を前に突き出しながら何かに耐えるように悶えるのはやめてよね！　私はこれでも、罵倒される覚悟でここに来てんのよ⁉

「……真面目に聞いてる？」

「聞いてる聞いてる……それにしても、はあ……」

絶対、私の話を聞いていないシンは、大きなため息とともにしゃがみ込むと「これだから天然は」とか「これってティア、エルダー、え、どっちだ？」とか、よくわからないことを呟いてる。いったいなんのことだろう？

――しばらくすると落ち着いたのか、シンは立ち上がった。

「聞きたいことは聞いたよ、じゃあな」

そう言って、私の横を通り過ぎて街から離れようとする――チョット待ってよ！

「ねえ、シン！　……何も、言わないの？」

――私を責めないの？

「ん？　そうさなあ……この先大変だろうが、まあ頑張れ」

この先――この先、アトワルド王国はどうなるんだろう……？

なす術もなく敗退した王国軍、錬金術ギルドの不手際で手足を失った兵士や冒険者から聞こえてくる怨嗟の声、そしてなにより姫様のこれからは？

「シン……お願いよ」

「無理、自分たちでなんとかしろ……ふう、おっちゃんにも言ったけどさ、その腰のもんを抜いたら後戻りできないぞ？」

借りたままにしていたレイピアを抜こうとする私に、シンの突き放すような声が届く。

そういえば、オジサンが密偵だったことにも驚いた。つくづく私はああいう仕事に向いてない。

……それでも、シンをこのまま行かせるわけにはいかない。

私はレイピアを抜き放つと、困った顔をしているシンに向かって構える。

「お願い。私が勝ったらもう一度だけ王国の、ううん、姫様のために力を貸して！」

「諦めるにも理由は必要か――いいぜ、かかってこいよ」

そう答えるとシンは、いつでも飛びかかれるよう、猫のように身体を丸める私に対し、脱力したように直立、棒を右腕で脇に挟みこんで構えた。私のレイピアを跳ね上げるつもりなのだろう。油断はしないが本気でもない。侮られているのがよくわかるが、構わない。

それでこちらが有利になるのなら、いくら侮ってくれても構わない。

シッ――‼

キン！

私が放ったレイピアの突きは、シンの身体に届くことなくやすやすと弾かれる。

いい。それは予想されたこと、私は続けざまに突きと払いの連撃を見舞う――けれど、その悉くを弾かれ、かわされ、いなされる。

「……そろそろ思い知ったか？」

「‼　馬鹿にして‼」

シンの挑発に一瞬頭に血が上ったものの、すぐに気を取り直す。

わかっていたはずだ、シンがそういう戦い方をする人間だってことは。

むしろ、それを知る私に対して、そんな手を使うシンこそ不自然だ。一体どうしたのだろう？

シンは相変わらず無言で私を見ている……心なしか辛そうに見えるのは気のせいだろうか？

……突撃を何度か敢行し、それと同じ回数だけ返される。そんなやり取りを何度か交わした後、私は今までと同様の動き出しの際に、ポケットから薬瓶をこっそり取り出し、口に含む。

それは以前シンから貰い、使う機会のなかった加速剤。これが、今の私にとって奥の手だ。

急加速した私にシンは一瞬驚いたものの、右肩を貫かんと突き出したレイピアに対して、右足を下げて半身になると、そのまま刺突に合わせて棒を振り上げる。これにも反応するの⁉

――キンッ！

甲高い金属音とともにレイピアが宙を舞う——と同時に、シンの目に一瞬動揺が走る。

弾かれる直前にレイピアから手を放し、とっさに体勢が崩れるのを防いだ私とは逆に、勢い余ったシンは身体が伸びて足元が一瞬ふらつく。

かかった——‼

私は左手で腰の短剣を引き抜くと、シンの心臓に狙いを定める！

目の前の男に遠慮することなど一つもない。中途半端に腹でも狙えば簡単にかわされてしまい、二度と今みたいなチャンスは巡ってこないだろう。だから確実に急所を狙う——

そんな覚悟を込めた私の動きに対し、シンは慌てることなく一歩踏み込むと、私の突き出したままの右肩を左手で掴み、強引に左に向かせ——いわゆる右半身の状態にさせられる。

——たったそれだけのことで、左手に握った私の短剣はシンの身体に届かなくなる。

そして、死に体になった私の隙だらけの脇腹に、棒を手放したシンが右の掌打を叩き込んだ。

「むぐっ——‼」

終始手加減されてなお、この実力差——脇腹を押さえながらうずくまる私を、シンはどんな顔で見ているだろう？

憐れみだろうか、それとも侮蔑か。心配そうな表情をして欲しいと思うのは勝手だよね……

ザッ――

うずくまって足元しか見えない私の視界に、シンが踵を返すのが見える。

――行かせない！

立ち去ろうとするシンを引き止めるため、脇腹を押さえつつ私は立ち上がる。

それに気付いたシンは振り返ると、苦しそうに顔を歪めて私を睨みつける……どうして私より辛そうな顔してるのよ？

「もう、やめろよ……」

シンの、搾り出すような声が聞こえる。

「やめ、ない……シン、を、この……まま、行かせない……」

「イヤなんだよ……」

――イヤ？ シンが？

「……イヤって、何が？」

「エリス、お前がそうまでして王国のために命を懸けるのがだよ！ なんでだ？ どうしてそこまでするんだよ⁉ 騎士だからか？ 姫さんのためか？」

どうして？ そんなの決まってるじゃない。

「私は、この国を愛しているもの……優しかった神殿、孤児院の人たち、一緒に汗を流した訓練所の仲間、そして——姫様のおかげで騎士にまでなれた。私は、この国に恩返しがしたいの」

「——‼　何が恩だ！　こんな国にそんな価値があるもんか‼」

……一体どうしたの、シン？　あなたがこんなに感情を露わにするなんて。

価値？　この国の？

「あるに決まってるでしょ……人間は弱くて、一人じゃすぐに死んでしまうもの……だから国を作るの。国民は国を下から支え、そして国は、国民を危険から守る……そうでしょ？」

「守るだと⁉　——ふざけんな‼　だったら‼」

私の言葉に納得しようとしないシンの、絶叫にも似た声が耳に響く——

「だったら！　どうしてこの国は俺の家族を、俺たちの町を——タンギルの町を守ってくれなかったんだよ‼」

シンの目から大粒の涙がこぼれ出す——そこには、見慣れたはずの飄々とした顔ではなく、私よりも二つ年下の、まだ大人になりきれていない少し幼さの残る泣き顔があった。

「タンギル……シン、あなた——」

タンギル、その名を聞いて私は廃墟と化した町を思い出す……あの町が辿った運命とともに。

私の前で膝を落としたシンが、拳を握った両手で顔を覆いながら「どうして」を連呼する。

いつものシンらしくない。きっと、今まで心の奥底にしまっていた怒りや悲しみ、そういった感情が渦巻いて、制御できなくなってしまったんだろう……

だけど……胸の奥から搾り出すようなシンの声は、私には何かに耐えているようにも聞こえる。

「シンは、この国が憎いの……？」

あなたの町を守ってくれなかったこの国が、あなたから全てを奪ったこの国が――

「……エリスも、おっちゃんと同じことを聞くんだな……憎んで、暴れて、それで俺の家族が戻ってくるのか？　タンギルの町が復興するのか？」

――ああ、やっぱりだ。

突き放すように答えるシンの言葉は正しい。きっと正しい……だからこそ、救われない。

シン、あなたは頭が良いのにバカだよ！　憎い、許せないと、そう言って暴れてしまえば楽になれるのに、それを我慢して、苦しみを胸にしまい込んで、そうして生きてきたんだね。

私がこの国への思いを語っているとき、シンはどんな気持ちだっただろう――

この国が、あなたからまた大切なものを奪ったとき、何を考えただろう――

仲間の振りをしてあなたのそばにいた私を、シンはどう思っていただろう――

――それでもシンは、憎いと言わないんだね。

わかったよ……

「甘ったれたこと言わないでよ‼」

突然の怒鳴り声に、ビクッと弾かれたようにシンが顔を上げ、私を見つめる。

「なにを自分だけが可哀相だって態度取ってんのよ！　世界の不幸を一人で背負ったような顔しちゃってさ、ふざけんじゃないわよ！　アンタより不幸な人は世の中にたくさんいるのよ‼」

「エリ、ス……？」

――シン、ごめんね……

「家族を奪われた？　だったら親の顔も知らない私はどうすればいいのよ？　家族との思い出がある分、アンタの方が充分幸せじゃないの！」

「それは――」

――これ以上過去に囚われたままのシンは見たくないから、だから――

「それを賢しげに、王国も帝国も散々好き勝手に引っ掻き回しておいて、あとは頑張れ？　どの口で言ってるのよ⁉」

「…………………」

──あなたの心を解放してあげる。

「今のあんたは、王国がタンギルの町を見捨てたのと同じことを今、このポリフィアの街でやろうとしてるんじゃない。ハッ！　これでアンタも彼らの仲間入りね！　ねえ、満足？」

「ふざ……けるなぁ‼」

──シンの全てを、私にぶつけていいよ。

■

怒り心頭のシンは歯をむき出しにし、目を血走らせ、まさに鬼の形相をエリスに見せる。

シンが今まで溜め込んできた負の感情、その強さにエリスは一瞬だけ悲しそうな表情を浮かべ、そして覚悟を決めた顔になると、彼を睨み返す。

「俺がアイツらと同じだと⁉　ふざけるな、訂正しろ‼」

「どこが違うって言うのよ？」

「アイツらは権力者だ！　アイツらは俺たちから吸い上げた金で贅沢する権利の代わりに、国民を守る責任があるんだよ！　それをアイツらは放棄したんだ‼」

シンは続ける。

「王が玉座でふんぞり返っても許されるのは、王族としての務めを果たしているからこそだ！　アイツらは結婚すら政治の道具として使わなきゃいけないんだよ！　それが、娘を嫁にやるのがイヤだ⁉　ふざけんな‼　そんな身勝手な理由で、死んだ町のみんなが納得するわけねえだろうが‼　エリス！　そんな奴らと俺が一緒だって言うのかよ⁉」

「王や貴族の権力も、シンの知識と力も、どっちも周りからすれば大きな力だわ！　あなただって薬を売って、お店で食べ物を買って、そうやって誰かを生かし、誰かに生かされてるんじゃない！　守れる力があるくせに！　救える力があるくせに！　何もしない卑怯者のあなたが誰かを非難するんじゃないわよ‼」

「う……うるせえ！　うるせえうるせえ‼」

エリスに気圧されたシンの顔にいつもの余裕はなく、まるで駄々っ子のように首を振ってエリスの言葉を拒絶する。

エリスの言葉を、シンは認めるわけにはいかない。もし認めてしまったら、己が唾棄すべき奴らと同類になってしまうから——自分の行いが故郷を見捨てた王国と同じだなどと、絶対に認めるわけにはいかなかった。

「俺は！　あんな奴らとは違うんだっ‼」

「いいえ、一緒よ！　何度でも言ってあげるわ、シンは卑怯者よ！」

「だぁまあれえええええ‼」

シンは右手を大きく振りかぶり、エリスに殴りかかる。

いつものシンでは考えられない稚拙な攻撃に、しかしエリスは避けようともしなかった。

ゴキュッ‼

不快な音とともにエリスの右肩の骨が砕ける――

「ぐうぅ――‼」

苦痛に顔を歪め、よろけながら、それでもエリスは下がらない。

そんなエリスを見て、殴ったシンの方が泣きそうな顔になる。

「なんでだ！　なんで避けない⁉」

「くぅ……私は間違っていないからよ。シン、我慢しないで言ってみなさいよ……憎いって、自分たちを助けてくれなかったこの国が憎いって。そして、ちゃんと向き合ってみなさい、よ……」

激痛に脂汗を流し、青ざめた顔に、なお強い意志を宿したエリスの瞳に、シンは圧倒され――

「う……ううぁぁあああああああ‼」

ゴキッ！　バキッ！　ゴッ！――

シンの一方的な暴力がエリスを襲う――握る拳に力は込められてはいない。それでも手加減を忘れたシン本来の腕力から繰り出だされる一撃は、確実にエリスの身体を破壊する。

「あの時、帝国が攻めてくるのを事前に知らせてくれていれば！　占領された町を取り戻すために軍を動かしてくれていれば！　ボロボロになった町を建て直す努力をしてくれさえすれば‼」

　せめて、そんな姿勢だけでも見せてくれていれば――

「だけど、もう嫌なんだよ！　誰かを心の底から憎むのは！　そうやって自分の心が死んでいくのは‼」

　全てを吐き出したのか、殴るのをやめたシンは、涙を流して天を仰ぐ。

　すると、その場に立ち尽くすシンの胸元に、既に自力では立つこともできなくなったエリスが、身を任せるように倒れ込んできた。

「エリ、ス……？」

　顔は腫れ、腕は歪に折れ曲がり、折れた肋骨が肺を圧迫し呼吸もままならないエリスだったが、それでもシンに見せる顔には、うっすらと笑みが浮かんでいる。

「エリス！　エリス――‼」

「憎んでしまえば楽なのに……シンは……やさしい、ね……」

「エリス！　俺は、俺は……」

　自分が何をしていたのか、今さらながらに気付いたシンは、エリスを優しく地面に寝かせた。

「エリス、待ってろ、すぐ薬を――」

「シン……お願い、姫様を……この国を……」

「そんな話は後でいいから！　ホラ、早くこの薬を飲め！」

シンは、取り出した薬を飲ませようとするが、命が尽きかけているエリスは反応しない。

「エリス‼」

シンは薬を自分の口に含み、口移しでエリスの体内に流し込む――

「――ん……んん……」

「目が覚めたか、エリス？」

ゆっくり目を開けるエリスの目の前には、ほっと安堵するシンの顔があった。

「あれ……私、生きて……え？」

地面に寝ていたエリスは身体を起こすと、色んな動きをしながら状態を確認、どこにも異常がないどころか、力がみなぎる感覚に驚く。

「……シン、これって」

「ん？　ああ――まあ、その、なんだ……霊薬？」

「エリ――⁉」

霊薬（エリクサー）
使用者の肉体を万全な状態に整える薬。その効果は、幾年（いくねん）も過去に失われた肉体の復元すら可能にする。
伝説の秘薬であり、コレを作れるものは現在おらず、世に出回っているのは過去の遺産（いさん）、もしくは迷宮の奥に眠る財宝の中に紛（まぎ）れていたものばかりである。

「そんな貴重な薬、どうして——薬？　……シン？」

「は？　ば、馬鹿なこと考えてんじゃねえぞ、い、いくら俺でも霊薬（エリクサー）を作るなんて」

動揺するシンを見つめるエリスの視線は、冷たい。

「…………そういうこともあるじゃん？」

「アンタねえ！　私の命懸けの説得がこれじゃあ——」

ガバッ——‼

「良かった……エリス、ごめん……ホントに良かった」

「ちょ——シンっ⁉」

いきなり抱きすくめられて動揺するエリスだったが、シンの肩が小刻（こきざ）みに震えているのを見ると、それ以上は何も言えず、彼が落ち着くまでジッとしていた。

——しばらくして、シンがエリスから離れる。

「シン……気は晴れた？」

「どうだろう、自分じゃわからないな……ただ」

「ただ？」

「ああ、うん……やっぱわからねえよ」

「なによそれ！」

シンの言葉に呆れるエリス。しかし、彼の晴れやかな笑顔を見れば、説明など必要なかった。

「それにしてもエリス、無茶しすぎだろ？」

「それは……だって……あぁあああ‼」

「ど、どうしたエリス⁉」

突然しゃがみこんで悶えるエリス。

顔を真っ赤に染め、頭を抱えてイヤイヤをする彼女に、シンは狼狽え、どうしていいかわからない。

「ああ――――‼　もう死ぬって覚悟したからあんな恥ずかしい台詞並べたのに、元気に生きてるなんて、この先どうすればいいのよ〜〜‼」

そう嘆くエリスの言葉を聞いたシンも、さっきまでの自分の醜態を思い出した。

「ぬがぁぁぁぁ‼　いっそひと思いに殺して――――‼」

頭を抱え、ダンゴムシのように地面をゴロゴロ転り続ける……

しばらくして正気を取り戻した二人だったが、立ち上がる気力もなくその場に座り込んでいた。

「シンは、これからどうするの？」

「ん？　ああ、おっちゃんに会いに行ってくるよ。ついでに色々話でもしてくるかな」

「そっか……」

エリスはそう呟くことしかできなかった。

シンの心の闇が晴れたのかどうかはわからない。そして自分にはこれ以上どうすることもできないとわかっていたから。

そんなエリスの心情を察したシンは、勢いよく立ち上がり、言う。

「心配すんなよ、エリス。憎しみが全部消えたわけじゃない。多分、俺の中に残ったしこりは一生付き纏っていくんだろう。それでも、過去に囚われた人生は送らない。約束するさ」

「シン……」

「この国のことだってもう憎んじゃいねえよ……まあ多少ムカつくけどな、その程度だ」

「……うん、ありがと」

憎んでいない。自分の愛する国をそう評価してくれただけで、エリスには充分だった。

「そういうわけだからよ、帝国軍のことは俺に任しとけ、なんとかしてやる」

「え、でも……」

どうやって？　――とは聞くまでもないのだろう、この男ならば。

「なにより、帝国側には俺の思いをまだぶつけちゃいないんでね、しっかりと受け止めてもらうさ。エリスが身体を張って……俺の、心……ぬがぁぁぁ‼」

「ちょ！　思い出させないでよーーー」

なんとも締まらない二人だった……

「――んじゃ、行くわ」

気を取り直したシンが立ち上がり、気を引き締めるように頬をパンパンと叩く。

「……一緒には、行けないの？」

「エリスにはこの国と、なにより姫さんがいるだろ？　これからも俺と一緒に旅をするわけには行かないんだ。どこかで区切りは必要さ」

旅人のシンと騎士のエリス。二人の人生がある時期だけ複雑に絡み合ったとしても、この先もずっと同じ方向には進むことはできない。

自分たちにとって何が大事なのかを考えれば、ここで別れるのが正解なのかもしれない。

それでも寂しさは拭えない。だから――

「シン」

「なんだ、エリス――⁉」

二人の影が重なり、静寂が辺りを包む。

「――ぷはっ！　いいことシン、私の初めてのキスをあげたんだから、もし上手くいかなくても絶対死ぬんじゃないわよ！」

照れくさそうなエリスに向かって、しかしシンは――

「えっ、あ、イヤ……さっき薬飲ませるのに口移しで飲ませたんだけど、それは？」

「えっ⁉　ちょっとシン！　アンタ人が身動き取れないからってなんてことを‼」

「あ、あれは人命救助だからいいだろ⁉」

「よくない！　それならシンは死なないし、帝国のこともなんとかする！　いいわね⁉」

エリスは、顔を真っ赤に染めながら無茶な要求を突きつける。それに対し、

「ああ、任せとけ！」

と、シンは晴れやかな笑顔、そして強い意志のこもった声で答える。

二人は頷き合うと、やがて背を向けて歩き出し――何かを思い出したように、シンがエリスに声をかける。

「そういえばエリス、姫さんの夢の話、覚えてるよな？」

「ええ、勇者様が私たちを救ってくれるって話でしょ。頑張ってよ、勇者様♪」

「そいつは間違ってるぜ。命を懸けてこの国と姫さんを守ったのはエリス、お前だよ。エリスこそが『アトワルド王国の勇者』だ！　じゃあな！」

「シン……」

（ありがとう――）

そんな思いを胸に抱きつつ、エリスは離れていくシンに向かって何度も、何度も頭を下げた。その姿が夜の闇の中に消えるまで――

そして、エリスの姿が見えなくなるところまで歩いたシンは、グルリと周囲を見回し、誰もいない空間に向かって声をかける。

「いるんだろ、出てこいよ――出てこなかったら、人体実験に付き合ってもらうぜ？」

数人の気配が、シンの周りを取り囲む。

「…………」

「よう、久しぶり。お前ら、人の恥ずかしい場面を覗き見したんだ、少しばかり手伝え。言っておくが断ってもいいぞ？」

シンの言葉を受けて、断る者はいなかった――

■

ポリフィアの街から乗り潰す勢いで馬を飛ばし、屍を晒す両国の兵士を横目に一日半、日が沈みかけた頃にシンは、帝国の陣地をその視界の端に捉えた。

帝国軍は王国軍とやりあった戦場から前進するどころか後退し、今はタンギルの町から三〇キロの場所に陣を敷いている。

王国軍との戦闘から五日、負傷兵の治療や部隊の再編成など、万全を期すためとはいえ、動きが鈍すぎる。先日の戦闘で王国を侮っているのか、それとも港町から離れて後方を塞がれるのを恐れての行動か。

とはいえシンにとってはありがたい話だ。

馬を下りたシンは徒歩で一人、帝国軍の陣地を目指す。

ほどなくして、帝国軍陣地にシンは辿り着くと――

「止まれっ！　何者か⁉」

見張りの兵に呼び止められたシンは、胸元から手形を取り出した。

「怪しい者ではありません、これこちらの手形を……どうか『ルイス＝ハーシェス』様にお取次ぎいただきますよう、お願い申し上げます」

シンが取り出した手形を訝しげに受け取る兵士だったが、それを見た途端に表情を引き締めた。

「入れ――」

「ありがとうございます」

陣地の中に通されたシンはそこで、あちこちで兵士が火を囲んで食事をしたり、談笑するところを目にする。そこに悲壮感はなく、次の戦闘へ向けて士気を高めつつある者たちばかりだった。

「そこで待っていろ。くれぐれも揉め事は起こすなよ？」

そう言って兵士は奥へ進んでいくが、そんな忠告は意味がない。

なぜなら、周囲の兵士たちの方がシンに興味津々なのだから。案の定――

「よう坊主、ガキが何しにきやがった？」

「おいおい、あんまり脅かしてやんなよ。ビビってんぞ！」

「よく見りゃ可愛い顔してんじゃねえか。ひょっとしたらソッチの売込みかもしれねえだろ。優しくしてやれよ！」

ギャハハハハハ――‼

下品な野次に苦笑で返すシン。怯える気配のないその姿を不快に思ったのか、ガラの悪そうな兵士が一人、彼の前に立つ。

「あん？　オメエ、舐めてんのか？」

「いえいえ滅相もない。私のような流れの薬師、みなさんにかかればひとたまりもありません。こうして大人しくしているのが私どもの処世術でして、ハイ」

卑屈な物言いと、ペコペコと何度も頭を下げるシンの態度に毒気を抜かれたのか、男が立ち去ろうと後ろを向いた直後——

——フッ。

男にだけ聞こえるよう、シンが鼻で笑う。

「テメェ！　今オレのこと笑ったろ⁉」

「は？　何を仰います。あなたのような木っ端兵士、私にかかればひとたまりもありません。笑う価値すらありませんです、ハイ」

額がくっつきそうなほどに顔を寄せ睨みつける男に向かって、これまた男にだけ聞こえるように挑発するシン。

一瞬、甘い香りが男の鼻をくすぐるが、男がそれを気に留めた様子はない。

男は、たかが薬師のガキにおちょくられたと顔を真っ赤にしながら、腰の剣を抜いた。

「ぶっ殺してやる‼」

いきなりの男の変貌に、周りの男たちは束の間驚いたが、すぐに男を囃し立てる。

「おう、やれやれ——♪」

「死ねや——‼」

「——おっとっと」

シンは男の振り回す剣を巧みに避けると、その足を引っかける。

ガッシャーーン‼

「ぐわぁ‼　アチッ、熱イッ‼」

体勢を崩した男は、火にかかった大鍋に派手に激突し、熱々のスープを頭からかぶってしまった。

大ヤケドを負った男を笑う者もいたが、大半は夜食を台なしにされて怒り出す。そして怒りの矛先は、原因を作った一人であるシンにも向けられた。

元々が粗野な連中だったのか、それともなにか別の要因か、あちらこちらで起きる乱闘はすでに収拾のつかない状況にまでなり、そんな光景を見たシンは密かに嗤う。

そしてシンの方はというと――

「わわわわわ！　勘弁してくださ～い‼」

頭に血が上った数人の兵士に追いかけられていた。

「待ちやがれ、コラァ‼」

「イヤですぅ、絶対待ちませ～～ん！」

情けない声とともに、兵士たちの間をすり抜けるように逃げるシンと、追いかける兵士。周りの兵士たちも困惑気味に見ているだけで、どうしたものかと手を出しあぐねていた。

そうこうしているうちに、シンは明かりもない、暗く人気の少ない場所に辿り着く。

そこ――何台もの荷車が連なる、食料庫代わりの区画まで逃げてきたシンは、立ち止まって口を開く。

「勘弁してくださいよ‼　僕が何をしたって言うんですか⁉」

「ああ？　ふざけんな、てめえの所為で晩飯が台なしじゃねえか！」

「僕じゃありませんよ！　僕に絡んできた兵隊さんがやったことです‼」

「言い訳すんじゃねえ‼　覚悟しやがれ‼」

「誰かぁ‼」

「やめろ‼」

――周囲の空気を震わす声に、手にした剣を振り下ろそうとしていた男たちの動きが止まる。

声の先には、いかにもといった鎧に身を包んだ男が立っており、男の横にはシンの見知った顔があった。

「し、将軍――」

将軍と呼ばれた男は、シンを追いかけていた兵士を一瞥する。

「下がれ」

「は、ハイッ‼」

ただの一言で兵士を追い払った男は、今度はシンに視線を向ける。

「――で、お前がシンと言ったか。今回の戦では有益な情報を提供してくれたそうだな」

「いえ、とんでもございません！」

「まあ、俺としては暴れ足りんところだがな、来い」

そう言って男は踵を返す。シンもそれに続くが、もう一人の男――おっちゃんは、シンの態度に終始、まるでゲテモノ料理でも見るような目を向けていた。

その後、将軍と呼ばれた男――猛将アラルコンは、天幕に入り椅子に腰かけた途端、

「――何しに来た？」

と、簡潔に問いただす。シンは、顔に営業スマイルを貼りつけた。

「はい、不躾ながら、商談に来た次第でございます」

「あん、商談だと？」

「はい、こちらが提供させていただく商品はこの『復元薬』でございます。こちらの薬は、私が開発した傑作で、なんと！　失われた肉体の部位を取り戻すことができるのです。しかも！　過去に失われた部分でも、です」

「――なに!?」

シンの言葉に大きく目を開いた将軍は、薬を手にとってしげしげと見つめ、誰かを呼ぶ。そして待つ間、おっちゃんに声をかけた。

「ルイス、どうなんだ？」

「閣下、自分はこんな薬をシン――この男が所有していることは知りませんでした。た

だ……この男は非常識の塊ではありますが、意味のない嘘をつく男ではありません」

意味さえあればいくらでも嘘をつく。そう言っているようなものだが、当のシンはそしらぬ顔で立っている。

「フン、そうだな、わざわざ命を捨てに来る馬鹿でもなかろう」

そうこうしているうちに一人の男がやって来ると、将軍はこの男に薬を渡した。

「鑑定してみろ」

「はっ……なんと！　これは、失われた肉体を取り戻すことのできる秘薬ですな！　手足の一本を取り戻すのに二ヶ月ほどかかるようですが……このような画期的な薬、一体どこで？」

呼ばれた男は、鑑定スキルの持ち主のようで、薬を手にして興奮している。

それを見た将軍は、シンにあらためて向き直る。

「それで、いくら欲しい？」

シンは笑顔のまま告げた。

「代金は、この戦争の終結でございます――」

「――俺は耳が悪くなったのかな？　くだらん戯れ言が聞こえてきたぞ」

呆れる将軍に対して、シンは七年前――戦争の原因となる裏事情から今日までのことを語った。

「元をただせば悲しい行き違い、ここは全てを水に流し、過去に遡って第三皇子とアルミシア王女、両者の婚姻という形で終わらせてはいかがでしょうか。もちろん、受けていただけるのであれば先ほどの薬、二〇〇本ほど進呈させていただきましょう――いかがです？」

シンが話し終えると、将軍は考えるそぶりも見せずに答えた。

「却下だな。俺は政治には興味がないし、むしろお前のせいで暴れ足りないくらいだ」

「そうですか……どうしてもでございますか？」

「生憎、俺は口で戦う奴が嫌いでな。説得するのなら力を見せるべきだったな。どうだ、今からでも身体を張って、俺を説得してみるか？」

シンはその言葉には応えず、肩を落として首を振った。

「――どうやらこれまでのようですね。私などのために時間を割いていただきありがとうございます。ではこれにて……ああ、その薬は交渉にお付き合いいただいたお礼ということで」

「そうか……誰か！　そいつを外まで連れていってやれ」

やがてシンが出ていくと、将軍は口を開く。

「結局なんだったんだ、アイツは？」

「閣下、シンはその、なんと言いますか……味方であっても面倒ですが、敵に回すと得体のしれない、厄介極まる相手です。あのまま引き下がるとは思えません」

「つまり、なんだか訳がわからん相手のようだな。とりあえず、気には留めておこう」

ルイス――おっちゃんの不安はすぐに現実となった。

翌朝になり、交代の兵士が見たものは、補給物資が置いてあるはずの空き地であった。

■

時間は少し巻き戻る。

兵士の案内で陣地の外に出たシンは、自分に見張りの類がついていないことを確認すると、死体から剥ぎ取った帝国の装備を異空間バッグから取り出し、それを身につけて再度陣地に潜り込む。

そして、目標である補給物資のもとまで行く。

「早かったな――」

そこにいたのは、先ほどシンを追いかけていた男たちだった。

「よう、迫真の演技、お疲れさん。さすがの演技力だな」

「……お前が言うと厭味だな。なんだ、あの変わり身は」

「失礼な、俺はあの通りのしがない薬売りだよ」

その場にいる誰も、シンの言葉を信じてはくれなかった。

彼らは王国の密偵――あの夜ポリフィアの街でシンを見張っていた者たちで、エリスを使って再生薬のレシピを奪った奴らでもある。

レシピが不完全なものだったことについてはギルドの責任ではあったものの、まんまとしてやられた彼らとしては、挽回（ばんかい）のチャンスを狙（ねら）っていたのだ。だがそこをシンに見つかり、そのまま協力をさせられている次第である。

「見張りは？」

「ちょうど交代したところだ。このまま朝までらしいので、すでに眠ってもらっている」

「そうか、それじゃあ始めるかな……我、世界に呼びかける、彼方（かなた）と此方（こなた）を結ぶ道、繋ぎし門をわが前に――〝門（ゲート）〟」

呪文の詠唱（えいしょう）が終わると、目の前の空間に漆黒（しっこく）の穴が現れ、それを見た密偵たちがどよめく。

「これはまさか、転移魔法……なのか？」

「驚くのは後でな。さっさと運び出すぞ」

密偵たちを尻目（しりめ）に、シンは物資を荷車ごと〝門〟の向こうに運び出す。

そして――

「重いだけの水瓶は残すとして……まあ俺も鬼じゃない、下剤を入れる程度で勘弁してやるか」

煮沸に必要な薪は持ち出しておきながら、どこに慈悲があるのか——密偵たちはシンのやりように絶句するとともに、今後コイツとだけは敵対しないようにと、改めて心に誓う。

そして夜が明け、シンたちはタンギルの町にいた。

■

ドドドドドドドドドド——‼

「チッ！　あのガキ、いい度胸してやがるじゃねえか。俺を本気で怒らせやがって‼」

タンギルに向かう騎馬集団の先頭を駆ける男——猛将アラルコンは、言葉とは裏腹に、顔に笑みを浮かべている。もっともそこに浮かぶのは、肉食獣のそれであったが。

異変を見張りの兵が知らせてきたとほぼ同時に、魔道具の通信でタンギルの町が襲撃を受けたことを知ったアラルコンは、シンの仕業と察したルイスの言を聞き、騎馬隊や軽装の兵士を率いて現地へ向かう。

もっとも、ルイス——おっちゃんは、これこそシンの罠ではないかとの疑念が拭えないでいた。

そして、それは正しかった——

町に到着したアラルコンは、周囲に転がる死体には目もくれずに埠頭を目指す。そして、目当てのものをそこに見つけた。

「——なっ⁉　おい、もう来ちまったぞ、急いで碇を上げろ！」

「クソガキ！　よくも虚仮にしてくれたじゃねえか、可愛がってやるから降りてこいや！」

帝国の輸送船を奪い、少人数で慌てて出港準備を進めるシンに向かって、アラルコンが叫ぶ。

「誰が行くかよ！　——よし、そんじゃな馬鹿ども、飢えと下痢で惨めな屍でも晒せや♪」

シンがそう言うと同時に、船はゆっくりと動き出す。

帝国は、王国との戦争で人員と物資を迅速に運ぶため、最新鋭の魔導帆船を用意していた。

この船は、大きさもさることながら、風がなくとも魔力の供給によって進むことができ、また少人数でも取り回しのきく優れものであった。今回は、逆にそれが災いしたかたちである。

昨夜の態度とは一変、相手を嘲るようなシンの態度と口ぶりにアラルコンは激怒する。

「お前ら、急いであのクソッタレを追いかけろ！　ただし物資のこともある、決して沈めるなよ」

馬から下りた三〇人ほどが近くの同型艦に乗り込み、急いで出航する。

アラルコンは馬上から、沖へと逃げるシンの乗った船を睨み続けていた。

一方──

「──一隻追いかけてくるぞ！」

「このまま予定通り、大きく蛇行しながら前進だ」

操船を王国の密偵に任せたシンは、船尾に立つと、追ってくる船を見据え、呪文を唱える。

「風精よ、集いて縮み、縮みて忍べ、我が号令にてその身解き放て──〝風爆〟」

二隻の船の間を、透明な揺らぎのようなものが移動し、そのまま水面に沈むと──

ドバァァァァンンン‼

大音響とともに海面が爆ぜ、船体を大きく揺らす。爆発はその後も続く。

さらに追い討ちとばかりに、シンたちの蛇行操船で発生した波が後続の船を捕まえると、船体を上下にも揺らして、追撃速度がさらに落ちる。

それでも追いすがる帝国だったが、急に船体が速度を落として水面に沈み出す。どうやら船底が抜けて浸水しているらしく、瞬く間に沈んでいった。

――シンたちの乗る船以外の船の底には、木材を急速に腐食させる液体が入った水瓶が仕掛けられていた。港に停泊しているくらいならなんともないが、先ほどのように大きく揺れると、ひっくり返った水瓶の中身は……というわけである。

追跡を最優先に、鎧を着たままで船に乗り込んでいた騎馬兵たちは、脱ぐ暇さえ与えられず、沈む船が生み出す渦に呑み込まれていった。

シンたちはその後悠々と港に戻り、余裕を見せるかのように船腹を晒して碇を下ろす。

「たっだいま～♪　なんだよ、追ってきたのは一隻だけかよ。ったく、せっかく仕掛けた罠が可哀相だと思わないのかよ、てめえら」

「く、この……」

船上のシンに見下ろされながら、アラルコンは歯噛みする。陸の戦士であるアラルコンが海で出し抜かれたとて誇りが傷つくわけではないが、してやられたという思いは拭えない。

シンたちが船で逃げている間に後続の兵士たちが港に辿り着いており、そう大きくない埠頭に一〇〇〇を超える集団が隊列も組まずにごった返している。シンにしてみれば、腹を空かした烏合の衆が、身動きもままならない場所によくも集まってくれたものだと、笑いが止まらない気分だった。

「それでクソガキ、一体なんの真似だこれは⁉　昨日の意趣返しのつもりか？」

「は？　やだね〜、言葉使いは若くてもすっかり耄碌しちゃって……アンタが言ったことだろ、説得したけりゃ力を示せってよ。で、どうよ？　帝国軍は俺の力の前になす術もないようだが？」

「ほう……それで、力を見せたからもう一度交渉のテーブルにつけ、と？」

「は？　なんでそうなる？　今の状況を見てみろ、圧倒的に有利なのは俺様で、オッサン、てめえは俺に鼻水たらしながら縋りついて許しを請う側なんだよ。耄碌どころかガキかてめえは！」

散々罵倒を続けるシンの態度に爆発寸前のアラルコンだが、すんでのところで留まっているのは、シンに補給物資が握られているからである。

王国攻めに海を渡った帝国軍四〇〇〇。ポリフィアの街は遠く、近隣の村落を襲ったとしても充分に食わせる量にはならないだろう。誇りある帝国軍、猛将アラルコン率いる第三軍が、民間人から略奪を繰り返すという汚名を被りながらポリフィアまで辿り着いたところで、辛うじて飢えを凌いだ軍隊に、城郭都市の攻略などできようはずもない。アラルコンは既に詰んでいるのである。

しかし、ただの兵士にはその道理は通らない。

「てめえ！　将軍に向かってよくも‼」

「降りてこい、ぶっ殺してやる！」

兵士たちの野次をどこふく風で流していたシンだが――

ドゴン‼

魔道士のものだろうか、炎の魔法が船体に直撃をする。

しかし軍用の船がこの程度の対策をしていないはずもなく、焦げ跡をつけたのみである。

「おうおう、飢えたガキどもが騒ぎよる♪　お前ら、どうすれば帝国の軍用船が沈められるのか、どうせだから実践してみてくれないか？　今後の参考にさせてもらうからよ」

「…………」

兵士たちが黙るのを確認したシンは、アラルコンの横にひかえるおっちゃんに向かって話し出す。

「おっちゃん、前に話したよな、帝国も王国も俺は恨んじゃいないって。あれ、どうやら間違ってたみたいだ。アイツに怒鳴られて、図星をつかれて、自分の中のドロドロしたもんの存在に気付かされちまったよ。そんでその結果、アイツを瀕死にまで追い込んじまった……」

「シン、そいつは――」

「俺はなおっちゃん、俺たちを見捨てた王国が憎かった、でもそれはもう済んだ。アイツのおかげでな――だからさ……今度は帝国の番だ、俺の中にある憎しみの炎を鎮めるため、お前らには尊い犠牲になってもらうぜ？」

シンは埠頭に集まる帝国兵をねめつけ、力強く宣言する。

「聞け、帝国のカスども！　我が名はシンドゥラ！　帝国に滅ぼされたタンギルの町の亡霊にして、貴様らに死を運ぶ死神なり。刃向かうものには死を！　逃げ出すものには死を！　覚悟せよ‼」

帝国の歴史から消された戦いが始まる――

■

「さて、朝飯抜きじゃあお前らも腹が減ってるだろう。分けてやるよ、ホラ‼」

シンの合図で甲板にいる密偵たちが、小麦粉の詰まった袋を埠頭に向かって次々と投げる。

剛力剤を服用した彼らにより、袋はまるでボールのように軽々と放られる。それに対して、シンが呪文を唱えた。

「風精よ、集いて縮み、縮みて忍べ、我が号令にてその身解き放て、〝風爆〟」

シンの魔法が発動するたびに小麦の袋は爆ぜ、白い粉が兵士たちに降りかかる。

何十袋投げ込んだだろうか、そうやって敵の視界を遮ったところに、密偵たちが狙いを定めて矢を射込む。

「ぐあっ‼」

「ぎゃ――‼」

密偵たちが狙ったのは、予め居場所を確認していた魔道士たちだ。

馬上に構える彼らは、敵の第一目標が自分たちだということに気付く前に、次々と放たれる矢の餌食になった。多くの魔道士が防御手立てを講じることなく倒れ、しかも流れ矢が周辺にいた馬に刺さると、密集地帯で暴れ出すその馬によって混乱が生まれる。

さらに続けざま――

「あがぁっ‼」

「気をつけろ！　粉の中に毒が混じっている、この場から逃げ――」

各所でそんな声が相次ぐと、兵士たちは一様に口を塞ぎ、この場から逃げるために、ある兵士は海に飛び込み、残りはこぞって埠頭の出口へと走り出す。

しかし、シンによる罠という名の嫌がらせは終わらない。

ドシン――‼

「くっ、痛ぅ……これは油、か？　――うぁあああああ‼」

ボギッ！　グシャ！

埠頭の出口付近にいた兵士たちは石畳の通路を走る途中、足元に撒かれた油で足を滑らせて転んでしまい、押し寄せる後続の集団に次々と踏みつけられ、絶命した。

そして、待ち伏せていた密偵の放った火矢が、立ち往生する兵士たちの足元に落ちると、たちまち周囲が炎に包まれる。

通路に沿って何十メートルも続く炎の道は、通常の油よりも勢いが激しく、その場に殺到した兵士たち二〇〇人ほどが焼死、または深刻なヤケドを負い、戦闘不能に陥る。

――そんなとき、急に突風が吹き荒れ、埠頭に充満した小麦粉を吹き飛ばす。

どうやら、誰かが告げた「毒が混じっている」との言葉を真に受けた魔道士たちが、全力で風の魔法を繰り出したようだ。

しかし、その小麦粉の霧が晴れた直後、船上から魔法の発生源を特定していた密偵たちの一斉射撃を浴びて、魔道士たちは次々と討たれる。

――混乱の末、鎧を着たまま海に落ちて溺れた者多数、シンたちの乗る以外の船になんとか辿り着いた者少数、埠頭に残っていたのはざっと七〇〇。しかし、混乱のさなかで味方に踏み殺された者、負傷した者もおり、満足に戦闘ができるものは六〇〇ほどに減っていた。

「まだ動けそうな連中は六〇〇ってところか……第三軍は精鋭揃いと聞いていたんだが、ありゃ嘘か、『猛将アラルコン』さんよ？」

「…………………」

アラルコンは答えない。戦闘ではなく詭道と小細工により失われた兵の命を悼むと同時に、シンへの怒りを己が内に溜め込む。

アラルコンは理解する、目の前の男はある種の化物だと。自らを偽り、侮らせ、相手の攻撃性を煽る。そうやって油断を誘い、緊張の糸が切れたところを一刺しで仕留める、忌々しい毒虫の類。

昨晩シンが陣地にやって来たときから、既に仕込みは始まっていたのだろう。

──他のヤツでは潰される。あれを倒せるのは、帝国の英雄と呼ばれる自分だけだ。

そんな帝国の英雄の決意を感じ取ったシンは、目を細めて不敵に笑う。

「へえ……いいぜ、遊んでやるよ」

敵軍の将に対し、どこまでも不遜な態度だった。

フワッ──

シンは高さ数メートルの船上から軽やかに跳躍──事もなげに着地する姿を目にして、ようやく周囲の兵士たちも、彼が只者ではないと認識を改める。

そして、二人を中心に遠巻きに群がり、海岸を挟んで半円の闘技場を作り上げた。

「……アラルコン＝ガルザック、俺が持つ全てを使ってお前を殺す！」

「シンドゥラ、家名はねえよ。安心しろ、お前の命は帝国との交渉材料だ、生かしといてやる」

アラルコンはシンの挑発を無視し、代わりに腰に下げた二振りの剣を抜くと、下段に構える。

どちらもかなりの業物だろう。視覚化されるほどの濃い魔力が、剣から蒸気のように立ちのぼる。

さらに鎧からも同質の魔力が湧き出すと、アラルコンの全身を魔力の波が包み込む。

ドラゴンかそれと同等、特級の素材が使用されているであろうアラルコンの武具に対し、シンは動きやすい普段着に炭化タングステンの棒を両手で構え、腰を落として相手の出方を窺う。

先に動いたのはアラルコン。

先手必勝──踏み込んだアラルコンは一瞬でシンに肉薄、斬撃を見舞う。

考えるから罠に嵌まる。ならば何も考えず常に先手を取る──実に単純な戦法だが、アラルコンにはそれを可能にする技量、そして己の勝利に対して確固たる自信を持っていた。

ガキンッ！　ガガッガガガガ──‼

無数の斬撃が双剣から繰り出される。それこそ並の兵士では視認することすら困難な勢いで。

だが、シンにはそれが見えているのか、落ち着いて全てを捌く。

それどころか、わずかな隙を突いてアラルコンの剣を弾き返すと、そのまま後ろに飛び退きながら素早く薬瓶を取り出し、それを地面に投げつける！

ピンク色の粉末がシンの目の前に立ち塞がるが、無謀、それとも蛮勇か、アラルコンはそこへ飛び込み、先ほどの繰り返しのように斬撃を繰り出す。

「――？」

怪訝な表情を浮かべるシンとは逆に、不敵な笑みを浮かべるアラルコンは回転を上げる。

キンッ！　キンキンキンキンッ――‼

先程よりも高音を響かせつつ高速で打ち合う二人。一方は笑みを深め、もう一方は眉間にしわを寄せながら、それでもお互い一歩も譲らない。

シンは再度、剣を弾き返して薬瓶を取り出すと、今度はアラルコンに向かって直接振りかける。

しかし、粉末はアラルコンを避けるように周囲に拡散した。

「風の結界か――⁉」

「その通り……ほらよ！」

シンが見せた一瞬の隙を見逃さず、アラルコンの剣がシンの左腕を浅く傷つける――

直後。

「ぐうっ‼」

シンの顔が苦痛に歪む。浅く斬られただけの前腕が、いつの間にか火脹れに覆われている。

「どうだ、俺の魔剣の効果、『炎の痛み』の味は？」

「……ハッ！　およそ英雄とは思えねえ嫌らしい武器だな！」

シンは、ひりつく痛みに耐えつつも片手で棒を巧みに操り、アラルコンの剣を捌く。だが、さすがに片手で重さが足りなかったか、捌ききれなかったもう一本の魔剣がシンに振り下ろされ――

ザシュッ‼

盾代わりに突き出したシンの左腕は、アラルコンの一撃を受けた。切断された手首が地面に落ちる。

「フン、左手一つか、上手く逃げたな――しかし！」

火脹れで真っ赤だったシンの左腕が、今度は肘から先が凍りついている。

ヤケドによるひりつく痛みが消えたものの、今度は冷気によって体温が奪われ、同時に体力を吸い取られる感覚に襲われる。断面が凍っているおかげで出血がないのが、せめてもの救いか。

「チッ……そっちは氷の魔剣ってか？」

「ああそうだ、凍った肉体から徐々に体力を奪う『冬眠』、気に入ったか？」

「いや、まったく」

「可愛げのない……ことだ！」

シンは魔剣の攻撃をかろうじて横に流すと、そのままアラルコンと距離をとるために走り出す。

だが、そうはさせじとアラルコンはシンに追いすがり、剣を振るう。

片腕一本、これでは剣を捌きながら薬を飲むことはできない。アラルコンの戦術は詰め将棋のように、じわじわとシンを追い詰めていく。

そして、追い討ちをかけるような事態がもう一つ――

互いに武器を振るっての鬼ごっこ、魔剣の効果で体力を奪われ続けるシンの呼吸が荒くなり出すのに対し、アラルコンは息一つ乱さない。それどころか汗すらかいてない。

「……なるほど、それが鎧の効果か。厄介だなホント」

「ああ、この鎧を着ている限り、俺は疲れ知らずでな。もう一つ言わせてもらえば、毒や状態異常も効かんぞ、薬屋」

「やれやれ……なんにでも相性ってもんはあるもんだ。とんだ食い合わせの悪さだよ」

この期に及んで口の減らないシンに、アラルコンは初めて違和感を覚える。

このまま戦い続ければ、アラルコンの勝ちは揺るがない。なのにシンは、いまだに不遜な態度をやめようとしない――はったりか、それとも奥の手を隠しているのか。

「薬屋！　まだ何か隠しているのか？」

「はぁ？　隠すも何も、そもそも俺はまだ何も見せちゃいねえよ」

「ほざけっ‼」

――ガキンッ‼

「な――っ⁉」

さっきまでとは重さの違う炭化タングステンの棒の一振りで、シンに向けて振るわれた攻撃は弾き返され、二本の魔剣が宙を舞う。

一瞬呆けるアラルコンだったが、ゾクリと悪寒を覚えた瞬間、その場を飛び退く――

すると今まで頭のあった位置を致死の一撃が通り過ぎる。

二人の距離が開くと、シンは棒を空中に放り、懐から二本の薬瓶を取り出して一気に飲み干す。

シュオオォォォ――

淡い輝きとともにシンの左手が新しく生え、同時に前腕を襲っていたヤケドと凍傷も消えうせる。

「はい全快♪　おっと、薬に頼るのは卑怯とかふざけたことを抜かすなよ、魔剣使い？　……さて、お前さんのことは武器も戦い方も大体わかった。今降参するなら半殺しで済ませといてやるが？」

「どこまでも舐めたガキだな……俺も言ったな、全ての力を使うと。俺は帝国の将軍、その力は俺が率いる軍そのものだ……お前たち！　こいつは人の形をした化物だ、そのつもりで——殺れ！」

アラルコンの号令一下、周囲を取り囲んでいた集団は一気にシンに襲いかかる。

それを見たシンは、炭化タングステンの棒を異空間バッグに収めると、替わりに二振りの曲刀を取り出す。

シンに向かって殺到する兵士たちは、騎馬兵の数少ない生き残りを除いてそのほとんどが、金属鎧を着けていない軽装の者ばかり。シンは攻撃方法を、打撃から斬撃に切り替える。

そして兵士たちをスッ——と細めた目で見据え、誰に聞かせるでもなく小声で呟く。

「……俺も言ったぜ、刃向かうものには死を——殲滅だ」

シンは、軽さと切れ味に特化したチタン製の曲刀を手に、前方の集団に飛び込む。

(気懸かりがあるとすれば——雑魚がいくら束で来ようと勝ち目がゼロなのはアイツもわかってるはず……何を企んでるのかは知らないが、一応気には留めとくか)

シンは、通常の走りから溜めを作らず急加速、正面の二人が反応する前にその首を斬りつける。即死ではないが、適切な手当てをしなければ時を置かず死ぬだろう。

そして水流のように滑らかな動作で身体を沈め、敵の只中に入り込むと、今度はコマのように回転。敵を浅く深く何度も斬り裂いてから、空いた隙間から抜け出し、次の獲物に狙いを定める。

そうやって似たような集団を三度戦闘不能に追いやると、周りの集団は次々と密集隊形をとり、シンに向かってジワジワとにじり寄る。

「……お前ら、船上の俺を見ていなかったのか？――〝風爆〟」

乱立する団子集団には、それぞれの集団が雁首揃えた中心へ、孤立している団子には四方を囲むように、そして大きな団子に対しては多数の、圧縮空気を送り込む――

「なあっ!!」

「ぐあ――っ！」

「な、何が――!?」

一斉に膨張した空気爆弾は、至近にいた兵士の首をへし折り、吹き飛ばされた周囲の兵士は味方同士でぶつかり、さらに不運な輩は武器をその身に受ける――など、シンにとってなかなか愉快な阿鼻叫喚の世界が作られていく。

「ふむ……魔法に対する備えが皆無だな、なんでだ？」

――シンは失念しているが、集団戦を常とする軍隊、それも敵味方が入り乱れる白兵戦の最中に魔法を打ち込むようなイカれた男は、敵味方双方にまずいない。

また、仮に魔法攻撃を放ったとしても、通常は炎や雷といったいわゆる見える攻撃である。

もしシンの魔法が見える攻撃であるならば、耐えるにせよ対策を講じるにせよ、それに備えることもできただろう。だが、見えない空気を攻撃手段として使う——そんな、いささかナナメ上をいくシンの攻撃に、その場で柔軟に対応しろという方が無茶と言えた。

そんなところもまた、アラルコンが称したように、シンが得体の知れない化物とされる理由なのかもしれない。

「さて、と……ざっと死体は一五〇、死に体が一〇〇、怪我人が五〇ってとこか」

曲刀をダランと下げ、戦果を確認しながら悠々と歩くシンに向かって、負傷した兵士たちがせめて一太刀！　とばかりに、やぶれかぶれの突撃を敢行する。

「お前ら……集団戦の意味を理解していないのか？」

個別に向かってくる阿呆どもを一刀のもとに斬り伏せるシン。しかし殺しはしない。

腹部を斬り裂かれた兵士は、苦痛に顔を歪めつつ腹を押さえて内臓が飛び出すのを防ぎ、なんとか生き永らえようと必死にもがく。

その無様な姿を見るたびに、シンは己の中に怒り——そして暗い悦びが湧いてくるのを自覚する。

「お前らの苦しみと悲鳴はみんなへの鎮魂の歌だ——迷惑だって言われるかもしれないけどな」

「た……助け、て……」

シンの足元にうずくまる男は、腹を抱え、涙と鼻水で顔をグシャグシャにしながら命乞いをする。

シンは男の首を掴んで自分と同じ目線まで吊り上げると——

「オイ、軍人が戦場で痛みに涙するのか……迫りくる死を前に脅えるのか……ふざけてんじゃねえぞ‼ 軍人じゃないみんなはもっと痛かった！ ろくな抵抗もできずに殺されたみんなはもっと怖かった‼」

「ヒッ——‼」

シンの怒りを真正面から浴びせられた男は、彼の瞳の奥に宿る狂気を感じ取ったか、短い悲鳴をあげた後、まるで子供のようにしゃくり上げる。

兜から覗く顔はまだ若い。とはいえ二〇代前半といったところか。それでもシンよりも随分と年上だ。

帝国軍の中でも精鋭揃いで鳴らした第三軍、そこに配属される程度には強いであろう兵士が晒す醜態に、シンはさらに怒りを募らせる——これ以下の連中にみんなは殺されたのか、と。

「ここをどこだと思ってる？ ここはテメエら帝国の連中に殺されたみんなが眠る墓所なんだよ。それを土足でズカズカ入り込んでやりたい放題……ああ、踏み潰した虫けらのことなんざいちいち憶えてないってか、なるほどなるほど……だったら教えてやらねえとなあ……虫けらのように殺される気持ちをよお‼」

シンは兵士を放ると、身体が地面に落ちる前に曲刀を一閃――両腕が胴体と別離する。

「――――‼」

焼けるような痛みに声にならない悲鳴をあげる兵士は、両腕を失ったせいで芋虫のように地面を這いずる、もしくはコメツキムシのように身体をビタンビタンと弾ませながらのたうち回る。

「その身と魂にとくと刻み込むがいい。傷つけられる痛みと虐げられる苦しみを――そして」

ヒュン――‼

シンの剣は、既に正気を失い、地面で泡を吹いている兵士の首を刎ねる！

「そして、あの世でみんなに詫びてこい――」

カツカツと石畳を叩く足音がやむたびに、苦しみ喘ぐ兵士の呻き声が断末魔の悲鳴へと変わる。

そんな、死が生まれ続ける空間を、ただ悠然と、そして無感情に歩くシンの姿は、アラルコンに鍛えられた兵士をもってしても恐怖を覚えずにはいられなかった。

あらためて彼らは、アラルコンの告げた化物の意味を思い知る。

足がすくむ――しかし、それでも彼らは剣を握る。なぜなら彼らは、猛将アラルコン貴下の帝国第三軍。決して退くわけにはいかない。たとえその先に死が待っていようとも。

無傷の兵士三〇〇人。彼らの瞳に死の覚悟が宿ったのを認めたシンは、

「ふん、馬鹿どもが……」

と、曲刀を異空間バッグに戻すと、代わりに大量の薬瓶を取り出し、やにわに敵の中に飛び込む。

そして、待ち構える兵士たちの前で跳躍したシンは、剣を構える彼らの肩や頭を踏み台にして駆け抜けながら、薬瓶の中身をそこら中に振り撒いた。

「――!! なんの薬かわからん！ 全員息を止めてその場から離れろ!!」

声に従って兵士が散り散りになるが、それを見たシンは面白くなさそうに告げる。

「おいおい、素直に被ってくれないとこうだぞ？」

そして、横たわる兵士たちに同様の粉末を振りかけ――

「ぎゃあああああ――!!」

地べたで弱々しく呻いていた兵士が突如絶叫を上げ、次の瞬間、痙攣をはじめる。

シンが粉を撒くたびにその光景は生まれ、それを見た兵士たちがシンを罵倒する。

「この……悪魔が!!」

「あん……？　お前ら、まさか自分たちはお綺麗な軍隊だとでも言うつもりじゃあねえだろうな？」

声を上げた兵士を睨むシンの瞳に、先ほどまでの狂気がまた宿る。

「お前ら兵士はいざ戦争になると、敵の兵士を殺し、町や村を襲い、武器を持たない民間人から奪い、攫い、犯し、殺し、蹂躙する。それこそが悪魔でなくてなんだ？」

シンは足元に横たわる、しかしまだ生きている兵士の頭を踏み抜く！

グシャリと不気味な音を響かせ、一度大きくビクンと跳ねた後、兵士は絶命した。

シンは同様の行為を何度も行い、それを兵士たちに見せつける。

「命令だから……いやいや違うよな？　お前らは待ってるんだろ、ご主人様から『蹂躙せよ』ってお許しをいただくのを！　お預けをくらった駄犬みたいになあ⁉」

狂気を孕んだシンの行動と言動に帝国兵士は震え上がる。そこに――

「御託はそれまでにしてもらおうか」

遠く背後から、アラルコンの声がシンの耳に届く。

振り返ったシンが見たものは、二本の魔剣を天にかざしたアラルコンと、双剣の光る切っ先に宿る膨大な魔力。

己の力をその光に集約しているのか、逆にアラルコンからはまるで力が感じられない。

「……ふうん、それがお前の奥の手か？」

「ああ、これは溜めに時間がかかるんでな。お前と剣を交えながらでは使えねえんだよ」

「そのために何人の兵士が犠牲になったことやら……上が無能だと下は哀れだな」

「ほざけ、どうせ皆殺しにするつもりだったんだろうが！　アイツらはお前を確実に殺すための礎となった。それと、何やらピーピー御託を並べていたようだが、兵士が戦場で何をしようと、全て俺が命じたこと、その程度の道理も弁えずに戦争を語るんじゃねえよ、ガキが‼」

アラルコンの挑発にシンは冷めた眼差しで答える。

「口で戦う奴は嫌いと言いながら、とんだ二枚舌だな？　言葉遊びと責任逃れが大人の証だってんなら、ガキのままで結構。ついでに言わせてもらえば、ガキの道理は『やられたらやり返す』だ。いい機会だから思い出させてやるよ、オトナ代表‼」

「ハッ、やってみろ‼　お前を確実に仕留めるべく全魔力を注ぎ込んだ。これが竜殺しの称号を持つ英雄の必殺技――くらえ、〝処刑の光〟‼」

カッ――――‼

アラルコンは、剣を振り下ろすと同時に膝をつく。全魔力を注いだと語ったアラルコンだが、おそらくは魔力だけに止まらず、体力も限界ギリギリまで注ぎ込んだのだろう。

そんな、アラルコンの全てを注いだ一撃が、光の玉となってシンに迫る。

シンは当然のように攻撃を避けるために走るが、案の定、光の玉は軌道を変えて追ってくる。

「追尾型か。一時的とはいえ自分も戦闘不能になるような技だ、そのくらいは当然か」

ならば障害物や兵士を身代わりに――その考えをシンは即座に捨てる、そんなことで防げるのなら、とても『必殺』技など名乗れはしない。

開けた場所で立ち止まったシンは、〝処刑の光(エクスキューション)〟に正対する。

「そうだなアラルコン、お前の心をへし折ってやるよ」

シンは異空間バッグに手を伸ばし、取り出したガントレットを両手にはめる。

「ふう……天上の女神に我は請(こ)う、貴女(あなた)の子に祝福を、護(まも)りの力を与え賜(たま)え――〝強靭(タフネス)〟」

シンの全身を光が包み込む……そして、シンは眼前に迫るそれを両手でガッチリと掴んだ！

「くううううう――‼」

「そんなことで防げると思っているのか、甘いわ‼」

「……ああ思ってるね、てめえの必殺技なんか、こんなことで防いでやるよ‼」

この期(ご)に及んで減らず口を叩(たた)くシンを、アラルコンは憎々(にくにく)しげに睨(にら)みつけた。

「バカめがっ‼」

「おおおおお――――‼」

ビキッ――‼

シンのガントレットに亀裂が入る、そして——

——カッ‼

ドグァァァァァンンン‼

激しい光と爆音が周囲に響き渡り、シンのいた場所を中心に爆風が埃を巻き上げる。

しばらくしてそれが収まると、視界が開けた後には——

シンが立っていた……両腕を肩口から失って。

「バケモノが……しかし！」

己の必殺技を受けてなお、生き永らえているシンに驚愕するアラルコンだったが、代償として支払ったモノを見てとると、安堵すると同時に勝利を確信する。

「まったくもって化物め……しかし、その身体ではもう戦えんだろう。こうなっては俺が止めを刺すまでもないな、部下に嬲り殺しに遭うといい」

「くう……物は言いようだな……英雄殿は、こんな姿になった俺と戦うのが怖いらしい」

「……そんな姿になってもなお、減らず口を叩く根性だけは認めてやるよ」

「そうかい……それじゃあ褒めてもらったお返しに、いいモン見せてやるよ！」

シンはそう言い放つと、まるで失った両腕を広げて天を仰ぐように身体を反らす。

「天上の女神に我は請う、貴女の子に慈しみを、我が身をしばし巻き戻したまえ、〝復元〟‼」

パアアアッ――――!!

「――なにいっ⁉」

驚愕（きょうがく）の声を上げるアラルコンをよそに、一瞬強い光に包まれるシン。

そしてその失われた両腕が、まるで逆再生の映像のように元の状態へと戻っていく。

『…………………………』

――こんな男をどうやって倒せというのか？

帝国兵の頭の中には絶望の言葉しか浮かばなかった。

「シン……お前、そんな高位の神聖魔法まで？」

戦闘に参加せず、今も疲労困憊（こんぱい）のアラルコンを支えているおっちゃんが思わず呟（つぶや）く。

「今まで使う場面に出くわさなかったんでね。それよりおっちゃん、その場から動くなよ」

シンはそう釘（くぎ）を刺すと、残った兵士に向き直った。

「どうせならもっと苦しませてやりたいところだが――もう勘弁（かんべん）してやるよ」

その言葉を聞いた兵士たちは、助かったのかと一瞬安堵（あんど）するが――

「火精（かせい）よ、我が前に現れ踊（おど）り狂え、汝（なんじ）は地獄の業火（ごうか）、怨敵（おんてき）を滅ぼす紅（くれない）の炎（ほむら）！」

シンが呪文詠唱（えいしょう）を始めた途端（とたん）、兵士たちが再び恐怖に顔を歪（ゆが）める。

ある者はその場から逃げ出し、そしてまたある者は慈悲（じひ）を請（こ）うべく武器を捨てて膝をつく。

「逃がさんよ……範囲拡大！　〝紅炎〟‼」

ゴオオォォォォオッ――‼

シンの火炎魔法が埠頭を包み込む。あちこちで断末魔の叫びが響き、人の形をした炎がフラフラと歩くさまは、さながら地獄のよう。心臓の弱い者ならこの光景を見て気を失うことだろう。

現に、船上で戦闘を傍観していた密偵のうち数人は、胃の中身を甲板にぶちまけている。

「シン‼　いくらなんでもやりすぎだ！　どうしてここまでする必要がある⁉」

おっちゃんがシンに向かって叫ぶが、その声は糾弾ではなく、むしろ憐憫の色が窺える。

「おっちゃん、ならどこまでなら許される？　これは戦争じゃない、敵討ちであり、私闘であり、殺戮だ。戦場の作法なんざ知ったことか！　そこの将軍とやらが宣言したように、俺という化物とコイツらの殺し合いだ……だったら、決着はどちらかが死に絶えるまで、違うか？」

「シン、俺が言ってるのは、おま――」

シンはおっちゃんの言葉を、手を上げて遮る。

「勘違いすんなよ、おっちゃんは敵側の人間だ。殺さないのは知り合いの誼ってわけじゃない。帝国との交渉に、ここで何があったかを正確に伝える人間が必要だからだ。そこの英雄サマは自分の名誉のために口を噤む可能性があるんでね」

やがて、兵士たちの悲鳴も聞こえなくなると、勢いよく立ち上る炎だけが周囲を支配する。

「さて、と……くおぉぉぉ！」

『紅炎』、この魔法の欠点は消えないいいいことだ。発動したら大気から魔素を吸収し続け永劫に燃え盛る、まさに地獄の炎。

これを消すには完全に魔素の供給を断つか、術者が魔力で押さえ込むしかない。

「これで……〝解放〟！」

――――――――！

シンの発した言葉の後、炎が消えるとそこには、無数の人の形をした炭が転がっていた。

「……………………」

惨状を静かに見下ろすシンだったが、瞳にはなんの感情も浮かんでいない、全くの空だ。

そんなシンの態度に――

「きぃさぁまぁぁぁぁぁ‼」

鎧の力か、動けるほどに回復したアラルコンが突撃する。

目の前で部下を全滅させられ、その光景をなすすべなく見せられ、怒りのままにアラルコンは剣を振るう――しかし！

――ゴッ!!

アラルコンの剣をかわしたシンは素早く後ろに回り込むと、異空間バッグから炭化タングステンの棒を素早く取り出し、後頭部に叩きつける。

満足に動けないアラルコンはこの一撃をまともに受け、意識を失い崩れ落ちた。

さらにシンはアラルコンを仰向けに転がすと、鎧の胸部を何度も、何度も棒で打ちつける。

ガキン！　ガキン！　ガキン！　――バキャン!!

鎧の胸甲を破壊されて魔法の武具としての機能を失ったのか、破壊された鎧からは先程までの強い力は感じられなくなった。

こうなっては、この鎧が以前の力を取り戻すのにかなりの労力を必要とするだろう。

ひとり頷いたシンは、地面に転がる二本の魔剣を異空間バッグにしまい込む。

「おっちゃん、魔剣は王国と帝国の交渉が上手くまとまったら返してやるよ」

「……絶対だぞ？」

「ああ、俺はこんなモンいらないからな――お、どうやら後続の部隊が到着したようだ」

そう告げると、見事な隊列を組んだ軍隊がシンたちの視界に入る。

ドドドドドドドド――

「――これは……!!　将軍!?」

部隊を率いてやって来た騎士然とした男は、地面に横たわるアラルコンを見て驚きに目を剥く。

そしてそれは、後ろに控える兵士たちも同様だった。

——男は騎馬から下りると、シンを見据える。

「キサマ、何者か——?」

「口の利き方には気をつけろよ。その貴様とやらは『猛将アラルコン』を倒した男だぞ?」

「戯れ言をっ——‼」

不快感を示す男はしかし今になって、先行して出立した友軍の姿がどこにもないことに気付く。

「先行部隊はどこに行った? キサマ、何か知っているのか?」

男の態度に、シンはヤレヤレと肩をすくめた。

「気付くのが遅いな、それでも指揮官か? 周りを見てみろ、それが答えだ」

「周り? ………‼ そんな、まさか⁉」

「驚いてばかりだなアンタ……まあそれはいいとして、どうする、敵討ちがしたいなら相手をしてやるぜ?」

「「お待ちください‼」」

二つの声は、対峙する双方の背後からかかった。

おっちゃんは二人の間に割り込むと、膝をつく。

「申し上げます！　この者は将軍を一対一の戦いで打ち破り、ここに集結した一〇〇〇余名の同胞を殺戮せしめた、人の姿をした化物でございます。決して戦おうとしてはなりません！」

そして、男の背後から声を上げた男も告げる。

「ロッド様！　いけません、あの者、いえ、あの方と戦うことはなりません!!」

ロッドと呼ばれた男は、自軍の兵から続けざまに引き止められたせいで、不満そうな顔を浮かべるものの、二人の必死さに気持ちを抑える。

いまいち納得がいかないのはシンも同様だったが、ロッドを止めた男の顔を見やると頷いた。

「ああ、なるほど」

「ヒッ――」

悲鳴を上げた男は昨日、復元薬を鑑定した男だった。後ろから密かにシンのステータスを鑑定したのだろう。そしておそらく、彼の鑑定スキルはレベル九以上だったのだ。

シンは視線をロッドに戻すと、彼に声をかける。

「で、どうするんだ？」

「……何が狙いだ？」

「察しがよくて嬉しいよ……王国との講和なんてどうだ？　軍の撤退に加えて、帝国第二皇子からアトワルド王国・第一王女アルミシアへの求婚を取り消し、代わりに、そっちに受ける気があるのなら、第三皇子との婚姻ということで手打ちにするよう伝えてくれ」

「一方的だな、帝国になんの得がある？」

絵空事にも聞こえるシンの要求だが、ロッドは笑い飛ばすことができない。周囲に広がる惨状が笑い飛ばすことを許さない。

「少なくともアラルコンはこの場で死なずに済むし、奪った物資もそのまま返してやるさ。ご不満なら、もう少し被害を増やして要求を吞まざるを得ない状況にしてやってもいいぜ？」

「────────!!」

シンと目が合った瞬間、ロッドの本能が警鐘を鳴らすのを感じた。

アレハイケナイ──

ゴクリと唾を吞み込んだロッドは、慎重に言葉を選びつつ……

「要求を、そのまま伝えるだけでいいのか？　到底受け入れられるとは思えぬが？」

「確かになあ……そうだな、耳を貸してくれ」

シンの言葉に、ロッドは素直に顔を近づけた。

「…………？」

「そう伝えれば、偉いさんも耳を傾けてくれるかもしれねえよ」

「……わかった、伝えよう」

「それじゃ将軍も物資も返してやるよ。あ、将軍が持ってた二本の魔剣はこっちの要求が通ったら返してやる。最後に、そこの生き残りは殺すなよ。俺とは昵懇の仲だし、ここで何があったか一部始終を見ていた男だ」

言いたいことだけ告げると、シンは密偵たちと合流してその場を後にする、追う者はいなかった。

そして――

帝国の船が海を渡る――帝国へと戻るために。

撤退命令が下った当初、勝っている戦でなぜ撤退を？　との声が大半を占めていたが、タンギルの町の、人の形をした炭の群を見た兵士たちは、以降不満を漏らすことはなくなった。

そんな中、帝国へと戻る船の中で、四人の男が一つの部屋に集まっている。

「負けた、か――」

「将軍……」

力なく呟いたアラルコンに、ロッドが声をかけるが、その続きが出てこない。

初めは互角、それから優勢、そして勝利――を確信していたのは、自分の思い込みに過ぎなかった。シン一人の手によって一〇〇〇からなる兵士の命は失われ、自身にいたっては鎧を砕かれ剣を奪われ、命はいらんとばかりに拒否された。帝国の英雄と呼ばれた猛将アラルコンの、完全な敗北だった。

ロッドはおっちゃん――ルイス＝ハーシェスを問いただす。

「ルイス、包み隠さず話せ、あれはなんだ？」

「申し訳ありません、私もあの男のことは何も知りません……いえ、知った気になっていただけでした。私の知るあの男は、非常に腕のいい薬師に加え、森に入ってオークやブラッドボアを一人で狩ってくるような非常識な男、という程度の認識でありましたので……」

「失態だな――で、冒険者ギルドではどのような扱いを受けていたのだ？　当然ランク指定外のはずだが、シン――シンドゥラだったか？　そんな名前は聞いたこともない」

「重ねてお詫び申し上げます。シンは冒険者ギルドの他、いかなるギルドにも未加入ですので……」

ルイスは深々と頭を下げる。

「徹底した秘密主義か」

「――ロッド様」

この部屋にいた最後の男が、ロッドに声をかける。

「どうした？」

「私は、あの場にてあの方を鑑定しましたのですが。それで、その……」

「‼ 答えろ、奴は一体何者なんだ⁉」

「それが、その……」

ロッドの言葉にしかし、鑑定スキル持ちの男はしどろもどろになる。

イラつくロッドは——

「何を口篭(くちごも)っておる⁉ さっさと——」

「落ち着けロッド……躊躇(ちゅうちょ)する理由でもあるのか？」

「将軍……先程ロッド様が評したように、あの方は秘密主義者なのでございましょう。なればこそ、ここで私が情報を漏(も)らせば、それはきっと帝国にとって良くない方に動きかねません」

鑑定士の言葉を受け、アラルコンとロッドは納得するように頷(うなず)く。

「なるほど……ところでお前、さっきからアイツを『あの方』と呼んでいるな、なぜだ？」

「‼ それは……」

「言え——」

「は……あの方は称号持ちにございます、それも二つの。一つ目は将軍と同じ『竜殺し』、そしてもう二つ目は『女神ティアリーゼの使徒』です――」

「竜殺し‼」

「使徒だと⁉」

鑑定士の言葉を受け、その場にいる全員が立ち上がり声をあげる。

竜殺し
成竜を単独で討伐した者、もしくは銘入りの魔竜討伐に多大な貢献を果たした者に授けられる称号。その称号は英雄の証――

使徒
天上よりこの世界を見守る女神ティアリーゼによって地上に遣わされた神威の代行者。使徒の名によって宣言された言葉は神託と同じ意味を持つ――

「なるほど、まさしく化物だ。まさか代行者とはな……それで、帝国は神敵になるのか？」

アラルコンの疑問に対し、鑑定士ではなくルイスが答える。

「いいえ将軍、シンは自分が使徒であることを口にしたことは一度もありません。ギルド未加入を貫き能力をひた隠しにするあたり、今回のことも使徒として動くつもりはないと愚考します」

この中ではシンについて一番詳しいルイスの言葉に、周りは安堵のため息をつく。

「……だが、使徒が王国に与していると知れれば、そのことだけで帝国は悪と取られかねぬか？」

ロッドの懸念を、ルイスは力のこもらない苦笑とともに否定する。

「それも心配には及ばないかと……なにしろアトワルド王国ときたら、王家と錬金術ギルドが結託し、シンの秘匿するレシピを奪い取るなどという大事をしでかしておりますので」

それを聞いた三人は揃って顔をしかめ、

――よく滅ぼされなかったものだ……

と、別の意味で感心した。

「しかし、それだったらなぜヤツは王国を守ろうとするのだ？」

「ロッド様、シンはタンギルの町の生き残りなのです……」

「っ――‼」

なるほどこれは最悪だ、それならばあの惨状も理解できなくもない――納得はできないが。

そんな思いに駆られるロッドに、ルイスが訊ねる。

「そういえばロッド様、あのときシンに何を言われたのですか？」

「なんだロッド、何か言われたのか？」

「は、それが……帝国が交渉に応じようとしないのであれば『ヴリトラよりは楽しませてくれよ』――そのように伝えろ、と」

言った本人だけが言葉の意味に気付かなかったようだ。

「なんということ……」

「……勝てんわけだ」

「ったくシン、どこまでも非常識な……」

まるで葬式の参列者のような顔をする三人に、ただ戸惑うばかりのロッドだった。

そんなロッドに気を使ったのか、ルイスが説明をする。

「ロッド様、三年前、東大陸にて銘入りの魔竜討伐の記録がございます。銘は『ヴリトラ』、暴竜と呼ばれた災厄の竜でした。ただ、討伐者は名乗りを上げず、冒険者ギルドの情報にも該当者はおらず、討伐者はいまだ謎とされております」

ロッドは黙って耳を傾ける。

「そしてヴリトラ討伐の一ヶ月前、周辺国の神殿にて『使徒』の来臨が確認されております」

「つまり、あの男がやったのか……」

一応の理解をしたロッドに向かって、ルイスが追い討ちをかける。

「その一言で済む話ではありません。当時帝国内でもヴリトラの討伐は検討されていたのですが、討伐のために必要とされた戦力は、英雄指定の冒険者が六人以上に加え、各種支援として軍一個師団。さすがに上も匙を投げました。それをたった一人、当時十三歳のシンがやってのけたのです！」

むやみに戦いを仕掛けなくて本当に良かった――と、ロッドは心の底から安堵する。

「にしてもヴリトラか……おい、ヤツの基本レベルはいくつだった？」

ロッドがルイスの話を聞いている間、ずっと黙っていたアラルコンが鑑定士に声をかける。

「――将軍!?」

「なに、スキルまで教えろとは言わん。純粋にレベル二五〇の俺を倒す化物の底が知りたいだけだ。心配せんでも誰にも言わんわ」

そう言ってアラルコンは、獣じみた笑顔を鑑定士に見せる。

およそ、Aランク冒険者とランク指定外の境界線は、基本レベル一五〇だと言われている。

帝国最強と呼ばれるアラルコンの二五〇という異常な基本レベルは、鎧の魔法効果が可能にした長時間の全力戦闘の賜物であった。

ならば、ヴリトラを討伐しうるシンのレベルは？　アラルコンが気にするのも当然といえる。

その心情を慮（おもんぱか）ったのか、鑑定士はアラルコンにだけ聞こえるよう、そっと耳打ちする。

「…………………」

一瞬キョトンとしたアラルコンだったが、直後――

「……フフフ、フアーッハハハハ‼」

室内に響き渡るような大声で笑い出す。その顔は、どこか晴れやかだった。

エピローグ　今までとは違う景色

タンギルの町での戦いから二ヵ月後――

あれから俺は、アトワルド王国の国境を越え、街道沿いの小さな宿場町にいる。

宿場町だけあって人の往来が激しいため、俺のような身辺如何わしい人間でも緩く出入りできるのはありがたい。まあその分、揉め事が多いのは甘受しないといけないのだが……

王国と帝国のことは、噂や商人のネットワークなどである程度は知れ渡っているはずなのだが、国境を過ぎると、そんなことで気を揉む者はどこにもいない。それどころか、戦の結果を賭けの対象にしている奴らもいるくらいだ。

対岸の火事とはよく言ったもので、多くの人間にとって大切なのは目の前の現実で、『よその国のことなど知らん、勝手にやってろ』という気分なのだろう。全くもって俺も同意見だ。

「――なあ兄ちゃん、俺はなにも、お前さんの薬をタダで寄越せって言ってるわけじゃねえんだよ。ソイツは言わば盗人のやり口で、当然俺は盗人なんかじゃあない。わかってくれるよな？」

「ええ、それはもう。ですが……一本分の代金で体力回復薬を一〇本寄越せっていうのは、一本は買うけど、残りの九本はタダで寄越せと言っているようなものでして……」

——なぜなら俺も、目の前の現実と戦っている最中なのだから。

路銀を稼ぐため道具屋に薬を持ち込んだのを見られていたのか、宿を決めて晩飯にありついているところを、この有様である。

最近、俺の周りが騒がしすぎる件について、ティアに文句の一つも言いたい——

……そんなの知らんと言われそうだが。

「なにダンマリ決め込んでんだぁ？　それで売るのか、それとも全部タダで寄越すかぁ？」

「無茶苦茶言ってますよ～、材料費だってタダじゃないんですから——」

——フワッ。

「んなことはどうでも……なんだ、この匂い？　……ああ、そうそう、どうでもいいんだよ……」

男は、鼻をくすぐる甘い香りに一瞬ボーっとしたかと思うと、直前の怒りを忘れて呆ける。

……しかし、鼻息も荒く頬を赤らめるオッサンの顔なんぞ、至近距離で眺めるもんじゃないな。

「ああ……もう、なんでもいいわ。じゃあな」

それだけ言うと、男はどうにも落ち着かないという様子で、そそくさと食堂を後にする。

周囲の客たちも熱っぽい表情を浮かべると次々に席を立ち、あげく俺一人が残される。

「ん～、効き過ぎたか……？」

俺はテーブルの上で甘い香りを放ち続ける香炉から、灰の上で煙を出し続ける木片を回収、密閉容器に入れて懐にしまうと、平穏な食事を再開する。

――甘い香りに誘われて、今夜お姉さんたちは商売繁盛間違いなしだな。

「――色々と非常識なのは相変わらずなのだな」

……およそ、俺を表現するのに一番似つかわしくない言葉だな、失礼にもほどがある。

「ここは、揉め事をスマートに解決した俺に対して、賞賛の言葉をかけるところだと思うんだが？」

「貴様ならあの程度、簡単にくびり殺せただろう」

重ね重ね失礼な、俺を快楽殺人者だとでも思っているのか？

「争い事は嫌いでね。穏便に済ませられるのならそれが一番だよ」

声の主――黒装束に身を包んだ王国の密偵は、「嘘をつけ」とか「どの口でそんな妄言を」などと、覆面の隙間から覗くその目で強く訴えてくる。うん、傷付くわあ……

「ところで、この匂いはどうにかならないか？ 媚薬を嗅ぎながら話などできん」

相席を促したところ、そんな返事が返ってくる。

「優秀な密偵さんなことで――ホラよっ」

いまだ店内の残り香に辟易としている密偵に、俺は飴玉を一つ投げる。

「これは？」

「コイツみたいな、吸い込んで効くタイプの精神異常を無効化してくれる特製の飴だよ。効果時間は舐めてる間」

密偵がおそるおそるといった態度で飴を舐めると、少し強めのミントにも似た香りに思考が鮮明になるのを実感したようで――

ジャラン！

いきなりテーブルに金貨の入った袋を乗せた。

「金貨五〇枚だ。あるだけ、もしくは買えるだけ売ってくれ」

「ハハッ、あんた、なかなか楽しい奴だったんだな。気に入ったよ、ホラ、持ってけ」

俺は薬の詰まった瓶を三本取り出すと、テーブルに並べる。

「一瓶八〇〇粒入り、二本半と言いたいところだが、おまけしといてやるよ」

「ありがたくいただいておくが、いいのか？」

「薬師としては嬉しい言葉も聞けたし、今後もお買い上げいただけそうなんでな」

あるだけ寄越せとか、薬の評価としては最高の部類ではないだろうか。正しく評価してくれるのなら、コチラも上客として扱うとも。念を押しておくが、俺は『薬師』なんだ。

「――それで、どんな塩梅よ？」

「ああ、シン、貴様の狙い通りになったよ――」

密偵は、あれからの王国と帝国についてを話してくれた。

シンとアラルコンの戦闘後、帝国軍は速やかに帝都へ帰還する。それは、緒戦で圧倒的勝利を収めておきながら突然の撤退、しかも大量の戦死者を出してという、実に不可解なものだった。

当然本国はこれに激怒、文官の中にはアラルコンを糾弾する動きもあったが、報告時のロッドの発言によって、上は恐慌と混乱、しばらくは収拾のつかない事態に陥ったという。

結果的に帝国は、シンの出した提案を丸呑みする形で、王国に対し停戦と講和の打診をする。

現場にいた密偵によって事のあらましを把握していた王国側も、実際に帝国が講和の打診をしてきたことを知ると、安堵すると同時に震え上がったという。

その後、無事に講和条約が結ばれ、合わせてその場で王女アルミシアと帝国第三皇子の婚約が正式に交わされる。

恋慕の情を抱き続けていた帝国第三皇子にとっては想いが届いた形、王女側には反対する理由も見当たらない良縁、流れた血にさえ目を瞑れば、どこからも文句の出ない落としどころと言えた。

——唯一、親バカの国王が騒いだそうだが、さすがに周りが押さえ込んだらしい。

嘆く国王に追い討ちとばかりに、王女は近々に帝国へ居を移すことになるそうで、ただでさえ高齢なのにさらに老け込み、今や王子が成人するまでの繋ぎとして玉座に座っているだけだとか。

ちなみに、王女の帝国行きに随行する者の名簿には、騎士リックス、ジュディ、そしてエリスの名前が載っていた。


——ひとの懐に手を突っ込んだ代償はでかかったな、ジジイども。

それにしても……任務を終えたおっちゃんは帝国、エリスも近く向こうに行くんじゃ、俺だけ仲間外れじゃねえか、おい。

「……チッ、まあ上手く纏まってなによりだな——どうした？」

話を聞いた俺がそう締めくくると、密偵が深く頭を下げる。

「王国を救っていただき、感謝の言葉もない」

ヤレヤレ、俺が出会う密偵は人間味のある奴ばかりだな、最近の流行りか？

「別に王国を救ったつもりはないんだがな。ま、感謝の気持ちは受け取っておくよ」

俺は異空間バッグから二振りの魔剣を取り出した。

「ほれ、約束なんでな、アラルコンのオッサンに返しといてくれ」

「わかった。それでは――そうだ、この先連絡を取りたくなった場合はどうすればいい？」

「そうだな……王都の神殿で『現在シンドゥラ様は何処におわす？』とでも聞いてくれ。あ、寄進は忘れるなよ？　それで大体の位置はわかるだろうよ」

神殿のヤツら、どうも俺の訪問記録をつけて、今後の進路予測を立ててる節があるからな……

「神殿で？　……よくわからんが、わかった」

どっちだよ。

「言っとくが、国情に関しては手は貸さん。俺は薬師なんでな」

「わかっている、ギルドより腕のいい薬師の機嫌を損ねるような真似はせん――ではな」

密偵の男が去ると、今度こそ本当に俺一人が食堂に残された。

……さて、俺も飯を食ったらさっさと寝て、明日にでもここを出るとするかな――

■

——街道を軽快な足取りで歩く男がいる。

比較的上質な麻布で作られた平服の上にたくさんのポケットがついた、見る人が見れば『ハンティングベスト』と言いそうな上着を身につけ、フードつきのマントを羽織った男だ。

健康的に焼けた小麦色の肌、短めに刈った黒髪を無造作に手櫛で整えた姿は爽やかな印象を与え、精悍な顔立ちながらも目元は柔らかく、柔和さも感じさせる。

十人並み以上イケメン未満の男——シンは、数ヶ月前とは少しだけ違う、何かが吹っ切れた良い表情をしていた。

『——シン、これからどうするのですか？』

胸に下げた虹色に輝くクリスタルからは、穏やかで聞く人に安らぎを与えそうな、文字通り女神のごとき声が、シンの頭に直接語りかけてくる。

（声だけ聞いていれば本当に女神なんだがな……）

心地のよい声に聞き惚れるたび、面と向かったときのティアが思い出され、どうしても最終的に残念な気持ちになるシン。

「さあな、特に決めているわけじゃないが……このまま南の鉱山都市にでも行くかな」

壊れたガントレットも作り直さないとな——と呟きつつ、シンは王国での出来事を思い返す。

『どうしました？』

「……いや、色々あったなと思ってな」

『フフ』

「……なんだよ？」

ティアの含みのある笑い声に、シンはつい反応してしまう。

『なんだかんだ言って、結局シンは困っている人を助けずにはいられないのですよね』

「――うるせえ！　成り行きでああなっただけだ」

『素直じゃないですね、シンらしいと言えばそこまでですが』

「……フン！」

今度あったとき、あの薄衣をめくってやろうと心に誓うシンだった。

『それで……キャア！　お、お父――やあやあシン！　見事な暴れっぷりだったねえ』

交信相手がティアからエルダーに切り替わる。固定電話の受話器のような扱いにクリスタルも悲しんでいることだろう。

楽しげなエルダーの声は続く。

『見ていて思うんだけど、シンの戦い方って基本、えげつないよね♪』

「……なんでそれを楽しそうに話すかな。俺は一応、お前ンとこの世界で大量殺戮したんだが？」

『はっはっは、神様は基本えこひいきしないものさ。人の世界の出来事は全て人に任せているとも』

俺の扱いはえこひいきに当たらないのだろうか――シンはそんなことを思う。

『それよりもシン……あれだけフラグ立てといてバッドエンドとは、キミにはガッカリだよ。一体全体どういうわけなのかな？』

「放っとけや！　それこそスルーしとけよ」

『え～、そことっても重要なポイントなのにぃ、今度こそハーレムルート、頑張るんだよ!!』

「もうお前黙れ――!!」

――ブツンッ!!

シンは交信を無理矢理中断すると、大きくため息を一つつき、改めて歩き出す。

かつて別々だった二つの世界、それが衝突、その後一つの世界となってから一〇〇〇余年、二つの種族の交流、侵略、勇者による平定、帝国の興り……世界は時を紡ぎ、人は歴史を作る。

その歴史の中で、一つの王国を救った男がいる。

たった一人で帝国軍に甚大な被害を与え、しかし、そのあまりの凄惨さゆえに歴史から削除されることとなった、誰に知られることもない英雄譚。

それは神によってこの世界に『お試し』転生をすることになった一人の男――シンの物語。

神々の思惑と自らの思いを胸に今日も――

――転生薬師は異世界を巡る――

あとがき

はじめまして、作者の山川イブキと申します。この度は文庫版『転生薬師は異世界を巡る1』をお手に取っていただき、誠にありがとうございます。

昔は、ライトノベル作家になりたいと思えば、出版社が主催するコンテストに作品を送って結果を一年後くらいまで待つ、というのが一般的でした。

ところが現在は、インターネットの普及によってクリエイターの発表の場が身近になりました。

小説投稿サイトに小説を投稿し、出版社の目にとまれば、あまり期間を置かずに書籍化が叶う。商業作家への道のりも、以前のような狭き門ではなくなっています（無論、だからと言って簡単ではありませんが）。

本作も、そんな新しい時代の出版形態から生まれた一冊です。

物語を書く上で自由度の高いファンタジーの世界。その世界で現代人の感覚を持った主人公が活躍するという異世界転移や転生モノは、比較的書きやすい反面、誰もが選びがちなジャンルでもあります。

そのため、同ジャンルの小説と差別化を図るのに、当初は色々と悩みました。

そこで、正義感や親切心が主人公の原動力であり、困っている人を見つけたら自ら助けることはあっても、決して見返りを求めない、あるいは現代日本の知識で異世界の生活環境に革命をもたらす。

――そんな王道の主人公になんか絶対してやるものか!!

という作者の強い意志と試行錯誤の結果、本作は生まれました。

正義の鉄槌で敵を悔い改めさせるのではなく、主人公と対立する相手が不幸になることに全力を注ぎ、困っている人相手でも無償の奉仕を嫌い、行動には対価を求める。

本作は、そんな実にいい性格をした(笑)、人間味溢れる主人公シンが、異世界を旅しながら数々の騒動に巻き込まれつつ、そこに住む人々と交流する物語です。

一風変わった主人公による異世界珍道中を、どうぞお楽しみください。

それでは、次巻もお手にとっていただければ幸いです。

二〇一九年一二月　山川イブキ

ネットで人気爆発作品が続々文庫化!

アルファライト文庫 大好評発売中!!

異世界×地球レシピの極上料理を召し上がれ!

異世界で創造の料理人してます1

舞風慎 *Maikaze Shin*　　illustration 人米

無限の魔力を使用した極上料理が
腹ぺこ冒険者たちの胃袋を直撃する——!

ある日、若き料理人の不動慎（ふどうしん）は異世界の森の中で目を覚ました。そこで出会った冒険者兼料理人に街のギルドまで連れてこられた彼は、自らに無限の魔力と地球から好きなものを召喚できる魔法が備わっていることを知る。そして異世界食材を使用した料理を食べて感動し、この世界でも料理人として生きていくことを決意するのだった——。生唾ごっくん食力ファンタジー、待望の文庫化!

文庫判　定価：本体610円+税　ISBN：978-4-434-26751-2

ネットで人気爆発作品が続々文庫化！

アルファライト文庫 大好評発売中!!

武術の達人×全魔法適性MAX＝
向かうところ！敵無し！

最強の異世界やりすぎ旅行記1～2

萩場ぬし *Hagiba Nusi*　　illustration yu-ri

巨大な魔物もSSランク冒険者も
拳ひとつでなんとかなる!

真っ白な空間で目覚めた小鳥遊綾人は、神様を名乗る少年に異世界へ行く権利を与えられた。さらには全魔法適性MAXという特典を貰い、トラブル体質の原因である「悪魔の呪い」を軽くしてもらうことに。そうして晴れて異世界に送られたアヤト。ところが異世界に到着早々、前以上のペースでトラブルに巻き込まれていくのだった――最強拳士のやりすぎ冒険ファンタジー、待望の文庫化!

文庫判　各定価：本体610円＋税

アルファライト文庫

この作品に対する皆様のご意見・ご感想をお待ちしております。

おハガキ・お手紙は以下の宛先にお送りください。

【宛先】

〒150-6005 東京都渋谷区恵比寿 4-20-3 恵比寿ｶﾞｰﾃﾞﾝﾌﾟﾚｲｽﾀﾜｰ 5F
（株）アルファポリス　書籍感想係

ご感想はこちらから

メールフォームでのご意見・ご感想は右のＱＲコードから、
あるいは以下のワードで検索をかけてください。

アルファポリス　書籍の感想

本書は、2018 年 3 月当社より単行本として
刊行されたものを文庫化したものです。

転生薬師は異世界を巡る 1

山川イブキ（やまかわいぶき）

2020年 1月 24日初版発行

文庫編集－中野大樹／篠木歩
編集長－太田鉄平
発行者－梶本雄介
発行所－株式会社アルファポリス
〒150-6005東京都渋谷区恵比寿4-20-3恵比寿ガーデンプレイスタワー5F
TEL 03-6277-1601（営業） 03-6277-1602（編集）
URL https://www.alphapolis.co.jp/
発売元－株式会社星雲社
〒112-0005東京都文京区水道1-3-30
TEL 03-3868-3275
装丁・本文イラスト－れいた
装丁デザイン－ansyyqdesign
印刷－株式会社暁印刷

価格はカバーに表示されてあります。

落丁乱丁の場合はアルファポリスまでご連絡ください。

送料は小社負担でお取り替えします。


ISBN978-4-434-26753-6 C0193